Peter Faszbender

Flausereien

Unalltägliches. Humorig – schräg – böse – schwarz.

Kurzgeschichten

Bibliografische Information der Deutschen Nationalbibliothek:
Die Deutsche Nationalbibliothek verzeichnet diese Publikation in der Deutschen Nationalbibliografie; detaillierte bibliografische Daten sind im Internet über http://dnb.dnb.de abrufbar.

Lektorat & Korrektorat: Deutsches Lektorenbüro, Würzburg
Covergrafik: Janet Levrel

Herstellung und Verlag: BoD – Books on Demand, Norderstedt

ISBN: 978-3-7481-0327-1

Inhaltsverzeichnis

Zum Geleit

Wenn man mit offenen Augen durch die Welt geht, Interaktionen von Menschen wahrnimmt, dabei den Gedanken die Freiheit gibt, sich zu entfalten, dann bricht die Fantasie zu mancherlei wunderlichen Reisen auf. Dabei sind meine Grundfragen nicht: Was kann sich daraus Faszinierendes entwickeln? Was wäre ein schönes Happy End? Wie bringe ich die Welt in Ordnung? Sondern: Was könnte in solchen Konstellationen, Szenen, Ereignissen etc. alles geschehen und sich zeigen, was nicht gewöhnlich ist? Insbesondere mit Figuren, die nicht ganz so ticken, wie man es als normal ansehen würde – was auch immer normal ist.

Auf den nächsten Seiten erwartet den geneigten Leser ein bunter Strauß von kurzen, schrägen, grotesken, bösen, humorigen Geschichten, die aus dem wirklichen Leben sein könnten, wenn man auf die falschen Leute trifft. Und was ist unterhaltsamer, befriedigender und entspannter, als wenn es die anderen trifft, während man mit einem guten Getränk seiner Wahl an einem angenehmen Ort seinem Kopfkino freien Lauf lassen kann?

Aber auch drei Begebenheiten aus dem wahren Leben sind enthalten, wo ich, der Autor, zugeschaut habe, das Erlebte auf Papier fließen ließ und meine Gedanken dazu ergänzt habe. Abgespielt hat sich das alles in der schwedischen Kapitale, und so sind diese Begebenheiten hier unter der Überschrift »Stockholmer Szenen« zusammengefasst und abgedruckt.

Bleibt mir nur noch, allen Lesern gute Unterhaltung zu wünschen, mit den fiktiven Erzählungen ebenso wie mit den drei erlebten Begebenheiten …

Verunfallt

»Kommt leider immer wieder vor, die Leute sind ja auch so unvorsichtig«, sagt der Notfallarzt über die Leiche gebeugt. »Haushaltsunfall?« Der Kommissar schaut den Arzt ungläubig an. »Sind Sie sicher?«

Doktor Stein steht auf und wendet sich dem Kriminalbeamten zu. »Sicher, sieht man doch auf den ersten Blick, die Frau war beim Putzen.«

Kommissar Gerol atmet tief durch. »So weit gehe ich ja noch mit Ihnen, aber man muss doch auch die äußeren Umstände mitberücksichtigen.«

Der Arzt zuckt mit den Achseln. »Auch unter Berücksichtigung der äußeren Umstände ist die Frau tot …«

»Das steht außer Frage, Doktor Stein. Aber wie schaut es mit einer etwaigen Fremdeinwirkung aus?«

»Kommissar Gerol, mir ist ja schon klar, dass es Ihr Job ist, alles zu hinterfragen. Aber hier, wie schon gesagt, sieht man doch auf den ersten Blick, dass es bei der Hausarbeit passiert ist. Nur weil in Ihrem Dienstbezirk keine Morde geschehen, muss man ja keinen mit aller Gewalt konstruieren.«

Der Kommissar schaut den Arzt einen Moment schweigend an. »Ist so etwas in Ihrer Praxis als Mediziner schon öfter vorgekommen?«

»Diese Todesart? Na sicher, das kommt immer wieder mal vor …«

»Ich meine natürlich die Umstände, die zum Tod führten.«

Mit einer verlegenen Geste murmelt Doktor Stein: »Jeder Fall ist gewiss etwas anders, aber so in groben Zügen kommt das immer mal vor, und gerade diese dummen Haushaltsunfälle sind auf ihre Weise jeweils unterschiedlich. Eben auf ihre eigene blöde Art, fast lächerlich, wenn es nicht so traurig wäre.«

»Und Sie glauben, im rechtsmedizinischen Institut wird man das genauso sehen?«, fragt der Kommissar skeptisch nach.

Doktor Stein nickt kräftig mit dem Kopf.»Mein Schwiegerpapa dort wird das nicht anders sehen, weder wollen noch können.«

Kommissar Gerol runzelt die Stirn.»Nun gut, also ein Haushaltsunfall.« Er kritzelt in sein Notizbuch.»Ihre Schwiegermutter ist also bei Reinigungsarbeiten im Putzeimer ertrunken.«

Spontanlesung

Er winkt würdevoll den verwundert und irritiert dreinblickenden Besuchern zu, als er mit seinen abgewetzten Klamotten den Raum betritt und zu dem als Bühne dienenden Tisch schreitet.

»Hallo, Katalin.«

Sie schaut von ihrem Manuskript hoch. »Da bist du ja endlich.«

»Ist doch noch genügend Zeit, zudem kommt der Star des Abends immer etwas später.« Er winkt wieder zum Publikum, das ihm weiterhin keinerlei Beachtung schenkt.

»Absprechen sollte man sich trotzdem vorab ein wenig. Außerdem würde ich die Lesung gerne mal etwas anders gestalten, etwas spontaner.«

Er verdreht die Augen. »Und wie stellst du dir das so vor?«

»Ich lese deine Texte vor und du meine …«

»Und warum fällt dir so ein Blödsinn immer erst kurz vor Beginn einer Veranstaltung ein, Katalin?« Vasco van der Valk lässt seine in die Jahre gekommene, abgescheuerte Lederumhängetasche auf den Tisch knallen.

Katalin Bucher flötet: »Ich bin halt kreativ und spontan …«

»Aha, wobei denn? In deinen vorhersehbaren Texten doch wohl eher nicht. Kreatives Marketing vielleicht?« Er setzt sich neben sie und packt lachend seine Texte aus.

»Das nennt sich schöpferisch-individueller Stil mit hohem Wiedererkennungswert, aber woher soll ein anarchistischer Worte-Choleriker so etwas wissen.« Sie zieht eine blutrote Kladde aus ihrer blauen Hermès-Shopping-Bag heraus.

Er schnaubt abfällig. »Ohne meine Fangemeinde würde sich doch niemand für deine Bücher interessieren. Was du hier verkaufst, ist doch reines Mitleid von meinen treuen Anhängern. – Sie selbst werden diesen Schund sicher nicht lesen, vermutlich haben sie damit an Weihnachten ihre gesamte Verwandtschaft versorgt und somit nachhaltig verärgert.« Er schaut auf das Publikum, das zwischenzeitlich die Sitzplätze im Saal fast vollständig besetzt hat. »Der Gedanke daran erfüllt mich mit Trauer, mit tiefer, tiefer Trauer ...« Schwer atmend sackt er ein wenig auf seinem Stuhl zusammen.

Katalin läuft puterrot an. »Pah, ohne die Prozente, die du von meinen Buchverkäufen bekommst, wärst du doch schon längst verhungert, Karl-Heinz Störpelberg.«

»Karl-Heinz Störpelberg gibt es schon lange nicht mehr. Ich bin Vasco van der Valk, Künstler, Gelehrter, Universalliterat, zudem dein äußerst erfolgreicher Manager.«

Katalin blafft ihn an: »Von wegen, was kommt denn von dir? Nur blöde Sprüche, sonst nichts.«

»Wir haben einen Vertrag, du hast unterschrieben – alles ganz legal und völlig korrekt.« Zufrieden lächelnd dreht er seine Daumen vor dem Bauch. »Nach dem Vertragsabschluss kam dein Erfolg, was willst du mehr?«

Sie presst heraus: »Wenn du mir den Verlagsvertrag nicht unterschlagen hättest, wärst du nie mein Manager geworden.«

Er schaut sie entspannt an. »Unterschlagen? Ich sollte mich doch kümmern und ich habe mich gekümmert. Wenn du keine Lust auf meine Dienste hast, kannst du mich ja ausbezahlen – wie vertraglich vereinbart. Ansonsten läuft alles weiter wie bisher ... weiter und weiter.«

»Alles hat irgendwann mal ein Ende, mein Lieber ...«

»Sicher, wenn du das hundertste Buch geliefert hast. Fehlen ja nur noch 83.« Er nimmt einen kräftigen Schluck aus der bereitstehenden Teetasse. »Puh, was ist das denn schon wieder für ein Gebräu?«

»Ein gerösteter japanischer grüner Tee, pikant und nussig im

Geschmack. Mit einem langen Abgang.« Sie riecht an ihrer Tasse und trinkt ein wenig von dem Sud.

Er schüttelt sich. »Na ja, so kann man die bittere Brühe auch beschreiben …«

»Zurück zu unserer Lesung hier, Vasco. Was hast du denn heute dabei, Kurzgeschichte oder Essay?«

»Nein, heute ist mal wieder Prosagedicht-Abend.« Er schiebt ihr den Text rüber.

»Oh Gott, auch das noch …« Sie massiert sich die Schläfen.

Er lacht genüsslich. »Du hast die große Ehre, es vortragen zu dürfen.« Er schaltet das Mikrofon an. »Liebes Publikum, herzlich willkommen zu unserer heutigen Lesung. Katalin Bucher hatte die Idee, dass wir heute die vorzulesenden Texte tauschen. Beginnen wir also sogleich mit meinem ersten Text, vorgetragen von Katalin.« Er dreht das Mikro zu ihr.

»Auch ich wünsche allen einen wunderschönen Abend. Wir beide werden heute spontan die Texte des anderen lesen, alles ohne vorherige Probe und ohne die Texte zu kennen. Vasco van der Valk hat für heute ein Prosagedicht vorbereitet.« Katalin greift sich den Text und liest den Titel vor: »Massenmord!« Sie schließt die Augen und lässt den Kopf sinken, nach einem kurzen Moment des Innehaltens beginnt sie das Werk vorzutragen:

»Massenmord
Aufgezogen, herangezüchtet über Jahre
Selektiert, gemeuchelt – Abtransport
Feilgeboten, verkauft, verschleppt
Fixiert mit eisernen Krallen
Unwürdig drapiert und ausgestellt
Malträtiert mit Klängen und Gesängen
Gebraucht – verbraucht – verstoßen
Jung, so jung gerissen aus dem Leben
Warum? Für wen? Für was?

Tot – Millionen Jahr für Jahr
Weggeworfen, verrottend in Wind und Wetter
Menschheit – Menschenkinder!
Macht euch die Erde nicht untertan!
Schaut auf die klägliche Kreatur!
Schaut auf ihn im Dreck
Dort im Unrat, fast vergessen
Schaut nicht weg, schaut auf ihn
Den massakrierten Weihnachtsbaum.«

Katalin hält sich beide Hände vor das Gesicht und schüttelt den Kopf. Das Publikum blickt entsetzt, starr und schweigend auf die beiden. Nur eine junge Frau klatscht voller Begeisterung und Euphorie Beifall.

Vasco springt auf, schreitet langsam vor den Tisch und verbeugt sich mehrmals lange und tief. »Danke meine lieben Freunde, danke, danke.« Mit beschwichtigenden Gesten beider Hände scheint er das bereits verstummte, regungslose Publikum beruhigen zu wollen. »Keine Sorge, nach einer kleinen Intermission mit einem Text von Katalin Bucher dürft ihr euch auf ein weiteres neues Werk von mir freuen.« Katalin sitzt mit verschränkten Armen und verbissenem Gesicht am Tisch, Vasco gesellt sich wieder zu ihr und beginnt zu lesen:

»Schwer wabert der dicke Nebel durch die Straßen und Gassen Londons. – Mal wieder«, ergänzt Vasco.

Katalin stößt ihm den Ellenbogen in die Rippen und zischt: »Du sollst nur lesen, was da steht.«

Er massiert sich kurz seine Seite und liest weiter:

»Der junge Earl of Desmond begibt sich nach seinem ausgiebigen Nachtmahl in den Salon und setzt sich in seinen mit purpurnem Samt bezogenen Sessel. Butler James serviert ihm auf dem kleinen Mahagoni-Beistelltisch eine Tasse Tee.

›Bitte sehr. Haben Euer Lordschaft noch weitere Wünsche?‹

›Danke, James.‹ Er nimmt einen kräftigen Schluck aus der bereitstehenden Teetasse. ›Puh, was ist das denn schon wieder für ein Gebräu?‹

›Ein gerösteter japanischer grüner Tee, pikant und nussig im Geschmack. Mit einem langen Abgang‹, führt James aus.

›Na ja, so kann man die bittere Brühe auch beschreiben …‹ Er schüttelt sich.«

Vasco schaut kritisch auf seine Teetasse, dann auf Katalin, in deren entspanntem Gesichtsausdruck ein Lächeln durchscheint, und liest weiter.

»Der Earl of Desmond leert die Tasse zügig und schüttelt sich nochmals kräftig. ›James, bringen Sie mir künftig wieder meinen gewohnten Abend-Tee.‹ Er stellt die Tasse ab. ›Diese Experimente sind nichts für mich – wie gesund es auch sein mag oder soll. Diesen Tee können Sie den Bediensteten zur Verfügung stellen.‹ Der Butler nimmt mit einer leichten Verbeugung die Tasse auf.

›Ich brauche Sie heute nicht mehr, James, Sie können sich zurückziehen.‹

›Danke, Mylord, wünsche eine gute Nachtruhe.‹ James verlässt den Raum. Desmond vertieft sich in seine Abendlektüre, als plötzlich sein Kopf erst stellenweise, dann gänzlich rot anläuft, er ringt röchelnd um Luft, fällt aus dem Sessel und macht nach einigen Minuten des Kampfes zwischen Leben und Tod den altehrwürdigen Grafenstuhl frei für seinen Nachfolger.«

Vasco legt den Text beiseite und atmet schwer, erste rote Flecken in seinem Gesicht vereinigen sich zu einem flächendeckenden Kirschrot, röchelnd rutscht er von seinem Stuhl und bleibt nahezu bewegungsunfähig hinter dem Tisch liegen.

Katalin Bucher schreit in das hektisch-unruhige Publikum: »Einen Arzt, schnell, ruft einen Arzt!« Sie beugt sich zu Vasco hinunter und flüstert ihm ins Ohr: »Das hast du nicht vorhergesehen, Karl-Heinz Störpelberg.«

Leise keuchend murmelt er: »Karl-Heinz Störpelberg ist seit Langem tot, es gibt nur Vasco van der Valk.« Er verstummt und bleibt reglos liegen.

Katalin schlägt ihm freundschaftlich auf die Wange. »Vasco van der Valk ist jetzt aber auch nicht mehr ...« Sie drückt ihm die Augen zu, lässt Vascos Tasse in ihre Tasche gleiten, stellt eine neue auf den Tisch und verschwindet im Trubel um den eintreffenden Notarzt und die Sanitäter aus dem Saal.

Ja, Schatz!

Er hastet voraus. »Schnell, da sind noch zwei Plätze frei.«
»Nein, da schaukelt es mir zu viel.« Sie schaut sich in der Panorama-Lounge des Schiffes um. »Da!« Sie zeigt auf zwei Plätze, die genau gegenüber auf der anderen Seite liegen. »Da drüben, da setzen wir uns hin.« Sie zerrt an seiner Jacke.
»Da schaukelt es doch genauso.«
»Nein, da ist es besser.« Sie schiebt ihn vor sich her. »Viel besser, setz dich.«
»Ja, Schatz.«

»Überall diese Chinesen.« Sie schüttelt den Kopf. »Die mit ihrem albernen Gequake, einfach nur lästig.«
»Für die werden wir uns auch nicht besser anhören«, sagt er.
»Aber wir reden schließlich Deutsch.«
»Und die halt Chinesisch.«
»Du vergleichst mal wieder Äpfel mit Birnen. Mit dir kann man einfach nicht diskutieren, Jürgen.«
»Ja, Schatz.«

»Was fotografierst du denn da?«
»Die Landschaft halt und so …«
Sie schaut aus dem Fenster. »Da ist doch gar keine Landschaft, nur Wasser und schneebedeckte Felsen.«
»Das, was du da siehst«, er macht eine ausladende Geste, »das ist die Landschaft. Wir sind hier am Polarkreis.«
Sie schnaubt abfällig. »Das nächste Jahr fahren wir wieder ans Meer.«
»Wir sind doch hier auf dem Meer.«

»Das richtige Meer meine ich natürlich.«
»Ja, Schatz.«

»Hier zieht es, mir ist kalt, Jürgen.«
»Du hast den Platz hier ausgesucht.«
»Ja, aber jetzt zieht es. Wir setzen uns dorthin.«
»Da hat es dir doch zu viel geschaukelt.«
»Quatsch, das war ganz woanders. Kein Orientierungssinn, der Mann.«
»Ja, Schatz.«

Sie schaut eine Weile stumm aus dem Fenster.
»Warum sagst du denn nichts, Jürgen?«
»Ich sehe mir die Landschaft an.«
Sie verdreht die Augen. »Das ist doch das gleiche wie vor einer halben Stunde, halt nur ein Stück weiter weg.«
»Spürst du denn nicht die Erhabenheit, die unbändige Ursprünglichkeit und die wilde Rauheit des Nordens – fest in der eisigen Hand des langen Winters? Dazu die schneebedeckten Klippen im Schein des klaren Vollmonds und die leuchtenden Sterne am Himmel der andauernden Polarnacht, einfach magisch …«
Sie glotzt ihn mit ausdrucksloser Miene einige Sekunden stumm an. »Erzähl nicht so einen Scheiß.«
»Ich soll doch was sagen.«
»Aber nicht so einen Mist.«
»Ja, Schatz.«

»Lass uns zum Essen gehen, Jürgen.«
»Jetzt schon?«
»Ja, bevor die ganzen Asiaten in das Restaurant einfallen.«
»Die essen da halt, genauso wie wir.«
»Das ist ja wohl etwas ganz anderes, wir sind schließlich bei

uns in Europa und nicht dort bei denen in den Reisfeldern.«

»Wie bitte? Was soll das denn heißen? Die haben die Tour genauso gebucht und bezahlt wie wir, Essen und Restaurantbenutzung inklusive.«

»Du verstehst mal wieder überhaupt nichts, Jürgen, das ist was Kulturelles. Toleranz ist das Stichwort, die müssen unsere europäischen Sitten tolerieren und sich gefälligst anpassen. Und das möglichst zügig!«

»Und wir müssen sie als Gäste in Europa tolerieren und vor allem als Menschen.«

»Ja, und das dürfte am besten funktionieren, wenn man getrennt essen würde. Wenn man sich schon ein Schiff teilen muss.«

»Das ist aber jetzt nicht dein Ernst?«

»Tu doch nicht so, als würde dir an diesem ganzen Volk etwas liegen.«

»Das sind alles Menschen, und wir sind in diesem Land hier auch Ausländer.«

»Mag sein, aber nicht so wie die da.« Sie zeigt verächtlich auf eine Gruppe Chinesen. »Jetzt hopp und auf, Jürgen, ich will einen guten Platz im Restaurant.«

»Ja, Schatz.«

Sie verdreht die Augen. »Schon wieder Fisch.«

»Aber da ist doch auch Fleisch, und dort sind die vegetarischen Sachen.«

Sie deutet auf die üppig beladenen und einladend drapierten Platten und Schüsseln. »Das da ist Fisch.«

»Ja, das ist ein Buffet, Schatz. Du kannst einfach nehmen, was du magst, und weglassen, was du nicht willst.«

»Aber den Fisch habe ich schließlich auch bezahlt.«

»Dann nimm halt etwas mehr von dem Fleisch oder von den anderen Sachen eine zweite Portion.«

»Das mache ich sowieso, aber den Fisch habe ich halt auch bezahlt.«

Er atmet tief durch. »Dann hol dir halt Fisch, du machst doch sowieso, was du willst.«

»Nicht in diesem Ton, Jürgen. So redest du nicht mit mir!«

»Ja, Schatz.«

»Was sollen wir denn jetzt draußen auf Deck, Jürgen?«

»Ich will ein Bild von dir machen. Das Zwielicht der Vollmondnacht, die Berge im Hintergrund, die Wellen des Meeres in der leichten Brise. Das schreit förmlich nach einem Foto.«

»Brise nennst du das? Sturm würde ich sagen.«

»Sturm ist was ganz anderes, Schatz. Geh da mal rauf.«

Sie zeigt auf ein Schild an der steilen Treppe. »Da ist doch gesperrt. Ist das nicht gefährlich?«

»Nein, nein. Ist doch nur für ein Bild.«

Sie klettert auf eine der ausladenden Schiffsaufbauten. »Dann mach aber mal hin, es ist schweinekalt hier oben und es zieht elendiglich.«

»Geh noch einen Schritt zurück und halt still, nur für einen Moment.«

»Und das ist wirklich sicher hier?«

»Ja, Schatz.«

Sie wird von einer Sturmbö erfasst, die sie hoch in die Luft wirbelt und außerhalb des Schiffs wieder loslässt. Er schaut ihr nach. »Todsicher, Schatz«, sagt er leise hinter ihr her.

Ihr schrilles Brüllen verhallt im Getöse der peitschenden See – bis sie schließlich verstummt, versinkt und nur das raue Meer und die Dunkelheit über ihr zurückbleiben, während das Schiff weiter seinem Kurs folgt.

Exotischer Tee

Montagmorgen, sieben Uhr. Das Büro ist angenehm warm und bietet Schutz vor dem nasskalten Januarmorgen. Die unbearbeiteten Vorgänge auf dem Schreibtisch haben seit letztem Freitag nicht an Anziehungskraft gewonnen, also erst mal den Stapel beiseiteschieben. Was gibt es Neues in der Welt? Die Zeitung ist schnell durchgeschaut, nichts Aufbauendes darin.

7.30 Uhr Montagmorgen. Wie schön war doch das Wochenende, und nun wieder grauer Alltag. Müde, unmotiviert Löcher in die Luft starrend sitzt man hier, am Abgrund eines kleinen Nickerchens. Jetzt ist aber ein Tee nötig, nach kurzer Zeit kocht das Wasser. Welchen nehmen wir denn heute? »Dream of Pain«, na ja, der Name passt zum Wochenanfang. »Exotische Teemischung« steht auf der Packung, so exotisch wie der kleine neue Laden, wo der Tee her ist, überall an den Wänden Bilder von kleinen Teufeln und Dämonen, aber was soll's, ist ja alles Geschmackssache und darüber lässt sich nicht streiten. Zisch, luftdicht verschlossen, hat man bei Tee eher selten, das nenn' ich aber mal Aroma. Eine Flut von Düften erfüllt den Raum, man spürt förmlich die anderen Welten, die fernen Länder. Sechs Löffel für einen Liter, heißes Wasser drauf und abwarten, nette Anweisung, also warten wir mal. In der Glaskanne tobt das reinste Farbenspiel, Schleier von Rot, Blau und Gelb ziehen durch die Glaskanne, vermischen sich, trennen sich wieder, schön anzusehen. Gleich fünf Minuten vorbei, ob man noch länger warten muss? Langsam vereinigen sich die Farben zu einem kräftigen Violett, aha, das war's dann wohl. Das Violett beginnt zu pulsieren, na toll, nichts für den schnellen Teegenuss. Gasblasen steigen auf und dichte Dampfschwaden ziehen aus dem Glasgefäß, die sich im Raum verteilen und zu rotieren beginnen. Wie Kokons sehen die Schwaden nun aus, sie brechen auf und aus ihnen stürzen sich schauerliche Wesen, wie Fledermäuse, nur böser, hässlicher, mit scharfen Greifern an den Flügeln. Mit ihren langen Zähnen beißen sie sich in Arme, Beine, überall fest. Ihre Greifer reißen die Kleider weg, malträtieren die Haut. Blut spritzt, die Schmerzensschreie gehen unter in dem Gekicher und Gejohle der Höllengeschöpfe, die nun beginnen, die Gliedmaßen abzutrennen und sich um die Innereien zu streiten, die ihnen köstlich zu munden scheinen. Das noch warme Blut bedeckt den Büroboden, ein kleiner Haufen Knochen liegt in der Ecke, die Luft ist erfüllt vom Flattern der Kreaturen ...

Ein Klingeln durchdringt den Raum, Montagmorgen 7.55 Uhr im Büro. Augen auf, keine Kreaturen, kein Blut, Arme, Beine, alles da und dran. Albtraum im Büro, schöner Wochenanfang, Scheiß-Montagmorgen. Das Telefon geht fast den ganzen Tag, alte Vorgänge aufarbeiten, mittags ein paar Brote und eine Cola.

17.00 Uhr, Feierabend, Licht aus und nichts wie weg.

Das Büro liegt im Dunkel. Nur aus der Ecke, in der das kleine Regal steht, pulsiert in der Packung mit dem exotischen Tee ein schwaches violettes Licht.

Morgengrauen

»Scheiß-Vogellärm«, lallt sie und wälzt sich herum Richtung Fenster, die Strahlen der Märzsonne treffen auf ihr Gesicht. »Scheiß-Sonne.«

Schnell wird das Plumeau über den Kopf gezogen. Eine leere Whiskeyflasche rollt vom Bett, mit einem dumpfen Schlag fällt sie auf die wüst herumliegenden Klamotten und kullert auf den dicken Flokati, der sie abrupt stoppt. Ein zerzauster roter Lockenschopf schiebt sich über die Bettkante. Zwei müde grüne Augen blinzeln aus der kupferfarbenen Haarmasse, erblicken das Stillleben auf dem Teppich und betrachten die Flasche. »Connemara Single Malt, 22 Jahre«, liest sie laut. »Hab' ich den getrunken? Der Geschmack in meinem Mund ist jedenfalls nicht davon.«

Sie verzieht das Gesicht. Das Erbrochene auf ihren Klamotten harmoniert zwar farblich perfekt mit dem Grün der Kleidung, doch der beißend gallige Geruch, gemischt mit Noten von Nikotin und schalem Bier, erfüllt auf unangenehmste Weise die Luft im Zimmer.

Der Morgen nach dem Saint Patricks Day. »Zumindest bin ich im eigenen Bett und alleine.« Sie atmet tief durch – »Kaffee«. Sie zieht nochmals tief Luft durch die Nase.

»Frischer Kaffeeduft aus Richtung Flur? Wie das denn? Geruchshalluzinationen im Delirium? Jetzt auch noch Klackern und Klappern in den Ohren.«

Sie massiert sich das Gesicht. »Der Alkohol wirkt sich wohl langsam auf alle meine Sinne aus. – Schritte, das sind Schritte, das ist keine Einbildung, das sind wirklich Schritte und das Scheppern von Geschirr. Da ist jemand, ich bin nicht alleine hier in der Wohnung.«

Sie beugt sich weit aus ihrem Bett heraus, greift in den Kleiderhaufen am Boden und zieht eine Pistole hervor, die sie, gedämpft durch die Bettdecke, vorsichtig spannt und entsichert. Nahezu geräuschlos schlüpft sie aus ihrem Nachtlager, arbeitet sich konzentriert und sorgsam, im Rahmen ihrer momentanen Möglichkeiten, durch das Zimmer in den Flur Richtung Küche. Die Waffe im Anschlag stürmt sie die letzten Meter durch die offene Küchentür auf den Eindringling zu.

»Auch schon wach? Über die Erkundigung nach Ihrer Befindlichkeit gehe ich besser höflich hinweg. Ihre Pistole haben Sie also noch. Ich hatte eben vorsichtig, aber leider ohne Erfolg danach geschaut. Den erholsamen Schlaf eines leidenden Menschen will man ja schließlich nicht jäh unterbrechen. Einen Kaffee? Frisch aufgebrüht, heiß, kräftig und belebend. Nur zu, es ist kein Gift. Ich trinke auch davon, wie Sie sehen …« Er schenkt ihr eine Tasse ein und stellt sie auf den Tisch.

Sie zielt wortlos auf seinen Kopf.

»Ich bin's, so viel Erinnerung werden Sie doch hoffentlich noch haben.«

»Absolut. Stellen sich nur die Fragen, was hat Ich bin's in meiner Wohnung zu suchen, warum schnüffelt Ich bin's in meinem Schlafzimmer herum und warum kocht Ich bin's hier in meiner Küche Kaffee? Und vor allem, wie kommt Ich bin's überhaupt hier in meine Wohnung?«

»Mir wurde zugetragen, dass Ihr Auto schräg über drei Parkplätze geparkt mit offener Tür in der Innenstadt steht und dass Sie gestern verlauten ließen, sich ein, zwei Kilkenny zu Ehren von Saint Patrick und Ihren irischen Wurzeln hinter die Binde gießen zu wollen. Mir liegen zudem Informationen darüber vor, was Sie im letzten Jahr am Unabhängigkeitstag Ihrer Altvorderen getrieben haben. Dem Rechnung tragend, sollte man also zuweilen ein wachsames Auge auf Sie haben«, führt er emotionslos aus.

»Lassen Sie mich etwa überwachen?«, fährt sie ihn an.

»Das klingt alles andere als nett. Nennen wir es besser und freundlicher praktizierte Fürsorge. Einfach nachschauen, ob einer schönen jungen Frau etwas Furchtbares widerfahren sein könnte. Und hier hereinzukommen, um Ihre andere Frage zu beantworten: Die Wohnungstür ist kein beeindruckendes Hindernis, erst recht nicht für einen Profi.«

Sie schreit: »Einbruch ist Einbruch!«

»Ohne Spuren an der Tür kaum nachzuweisen. Da festigt sich rasch die Vermutung, dass ich eingelassen wurde. Obendrein muss man so viel erklären mit einem Toten im Zimmer. Insbesondere im Falle, dass man ihn kennt – dann kommen Fragen über Fragen. – Die Polizei hat übrigens eigens eine Beratungsstelle für die Absicherung von Wohnungen und zum Schutz vor Einbrechern.« Er verzieht seine bisher starre Miene zu einem maskenhaften Lächeln.

Sie schüttelt den Kopf. »Tausend Dank für den Tipp. Ihre Sorge rührt einen fast zu Tränen.«

»Immer zu Diensten, meine Liebe.«

»Wenn ich irgendetwas nicht bin, dann Ihre Liebe.«

Er zieht die Schultern hoch. »Aber die Waffe könnten Sie jetzt doch beiseitelegen.«

»Die kommt weg, sobald ich der Meinung bin, dass ich sie nicht mehr brauche. Im Augenblick fühle ich mich so wesentlich besser.«

Er schaut starr auf sie. »Die modernen Pistolen sind viel leichter als die in der alten Zeit, aber mit Magazin gut ein Kilo schwer. Geht langsam in die Arme, was?«

»Das Ding um einige Kugeln zu erleichtern, ist kein Problem. Ihre Fürsorglichkeit könnte ruckzuck weggeblasen werden.«

»Ja, das ist sicher eine Lösung, versaut einem natürlich das gesamte Interieur. Ob das nach einer durchzechten Nacht förderlich ist für das Wohlbefinden?«

»Wenn man weitertrinkt, passt das«, knurrt sie genervt, lässt sich auf einem Stuhl an der Stirnseite des Küchentischs nieder, ihren Besucher weiterhin fest im Visier ihrer Waffe.

»Gut, setzen wir uns.«

»Sie bleiben stehen, die Hände so, dass ich sie sehen kann, und keine hastigen Bewegungen.«

Er bleibt reglos, ungerührt und entspannt in aufrecht gelassener Haltung. »Das erste Mal einen Menschen zu erschießen, bewusst, ohne Affekt, ist schwer. Wenn das Gegenüber diesbezüglich Erfahrung hat, erkennt man in seinen Augen, ob es passieren kann, passieren wird. Sie machen mir nicht den Eindruck, dass heute der Tag ist, an dem Ihre erste eigene Leiche am Boden vor Ihren Füßen liegen wird.«

»Erfahrungen werden oft überbewertet. Ich würde Ihnen jedenfalls nicht raten, diese Theorie hier auszutesten«, erwidert sie und zielt weiter auf ihn.

»Der erste Mensch, den ich tötete, vor Jahrzehnten – das war ein Mann in Ihrem Alter. Den Ausdruck unbändiger Vitalität im Gesicht, bis die Kraft zusehends entschwand und eine leblose Hülle zurückblieb. Man vergisst das nie. Seither sind einige hinzugekommen. Aber in den Träumen, die einen ab und an heimsuchen, ist es immer nur das Angesicht dieses einen Burschen, das erscheint. – Sein komplettes Leben noch vor sich, bis ich ihn traf, im wahrsten Sinne des Wortes.«

»Ja, danke für den Ausflug in die Steinzeit. Wenn ich jetzt nicht langsam erfahre, was hier abgeht, fängt sich jemand eine Kugel. Das, das hier ist doch nicht real? Ein Albtraum, Delirium, was weiß ich …«, brüllt sie.

Er schaut sie stumm und reglos eine Weile an. »Sie haben recht, alles alte Begebenheiten und meine persönlichen Probleme. Bei Ihrem momentanen Zustand ist eine solche Unterhaltung keine förderliche Maßnahme und hilft niemandem weiter. Da ich Sie verhältnismäßig unbeschadet und halbwegs bei Kräften antreffen durfte, verabschiede ich mich jetzt. Kümmern Sie sich um Ihre Rekonvaleszenz. Das Auto lasse ich Ihnen heute Abend noch vorbeibringen, vorher werden Sie den Wagen ja höchstwahrscheinlich nicht nutzen können, jedenfalls sollten Sie das nicht. Dürfen wir damit rechnen, Sie morgen wieder frisch, munter und einsatzbereit in unserer Mitte zu begrüßen, Kriminaloberkommissarin Molony?«

Sie lässt die Pistole sinken, sichert sie, legt sie ab. »Okay, geht klar, Chef.«

Hochzeitsmorgen

»Wir haben verschlafen, Anni«, schreit Jürgen und schüttelt seine Schwiegermutter in spe auf ihrem provisorischen Nachtlager im Wohnzimmer wach. »In zwei Stunden müssen wir auf dem Standesamt sein.«

»Kannst du nicht mal den Wecker richtig einstellen? Was hat Sophie da nur ins Haus geholt?«

»Wir sind hier in meiner Wohnung«, stellt er richtig.

»Schöne Wohnung, vierzig Quadratmeter, dreizehnter Stock im Wohnblock, von der Gegend wollen wir erst gar nicht reden.«

»Für zwei Personen genügt das voll und ganz.«

»Hast du das gehört, Sophie, ich bin hier offenbar nicht willkommen!«

Jürgen verdreht die Augen und eilt in Richtung Bad. Anni drängt ihn ab und zwängt sich durch die Tür.

»Ich schlüpfe da kurz mal rein.«

»Aber ich muss doch …«, setzt Jürgen an. »Und von wegen schlüpfen«, murmelt er.

»Jetzt lass Mama doch«, sagt Sophie. »Sie kann ja nichts dafür, dass du nur ein Bad hast.«

»Bad nennst du so etwas? Alles viel zu eng«, tönt es durch die Tür.

»Für normale Menschen ist da Platz genug.«

»Willst du sagen, meine Mutter ist nicht normal?«

»Nein, nein, nein, natürlich nicht. Sie ist eher übernormal, also sozusagen, ähm …«

»Ich hab' schon ganz genau verstanden, was du meinst, Jürgen.«

»Dann ist ja gut, Schatz.«

Jürgen hämmert an die Badtür. »Raus jetzt, die anderen müssen auch mal.«

Anni öffnet die Tür, wie ein rosafarbener Berg steht sie in ihrem Frotteebademantel im Rahmen.

»Lass mich endlich durch«, drängelt Jürgen.

»Wenn der Herr sich mal ein wenig mehr um eine anständige Wohnung für meine Kleine gekümmert hätte, müsste ich meine Morgentoilette nicht ständig unterbrechen.«

»Es kann sich nicht jeder einen Schlossherrn angeln, der dann plötzlich, kurz nach der Hochzeit, auf mysteriöse Weise dahinscheidet«, entgegnet Jürgen.

»Was willst du mir jetzt hier wegen des unerwarteten und tragischen Todes meines geliebten Mannes unterstellen?«

»Jürgen, lass Mama endlich in Ruhe!«

»Komm, Sophie, wir gehen jetzt erst mal auf dem Balkon eine rauchen.«

Die beiden Frauen entschwinden auf den Balkon.

Unbemerkt kann Jürgen die Balkontür von innen verriegeln. Er geht ins Bad und hofft auf einige ruhige Minuten, um sich für den Tag zurechtzumachen. Kaum ist die Badtür geschlossen, dringt panisches Klopfen zu ihm durch. Es folgen Tiraden ausgedehnter Flüche von Anni und Sophie.

»Mach sofort die Tür auf, du Versager«, dröhnt Annis Stimme in die Wohnung.

Zur Balkontür eilend, sieht er die Frauen, oder besser die vor Wut schäumenden und entstellten Furien, toben. Zögerlich fasst er in Richtung Türgriff. Anni trommelt mit beiden Fäusten auf die Tür ein.

»Sofort aufmachen, ich bring dich um, du Schwein.«

Sophie stimmt in die Schreie ein, die sich nun zu unmenschlichen Urlauten vereinen, begleitet von wilden Gesten und Schlägen gegen die Scheiben. Jürgen stolpert zurück.

»Oh, mein Gott.« Er starrt durch die Balkontür. »Wie in Jurassic Park.« Mit kaltem Schweiß auf der Stirn flieht er aus der Wohnung und über das Treppenhaus ins Freie. In tiefen Zügen atmet er die kühle, frische Luft der ruhigen Anliegerstraße ein.

Nun klarer im Kopf wird ihm bewusst, dass er barfuß und in Unterwäsche auf der Straße steht, und das ohne Wohnungsschlüssel. Vom Balkon dringt das Gekeife von Anni herunter, die sich weit über das marode Stahlgeländer beugt.

»Hält ja doch noch einiges aus«, wundert sich Jürgen. »Genau, wie der Hausverwalter gesagt hat.«

Plötzlich strebt das Geländer, von der Schwerkraft getrieben, doch Richtung Erdoberfläche. Dicht gefolgt von der Fast-Schwiegermama, einer mächtig dicken rosa Wolke, und in einer Geschwindigkeit, die Wolken gewöhnlich nicht zu eigen ist. Der scheppernde Aufprall des Geländers wird dumpf durch den Aufschlag der rosa Wolke erstickt.

Jürgen betrachtet das Bild einen Augenblick lang.

»Wow, da muss man Anni aber wirklich mal recht geben, ihr Bademantel Marke ›Flauschi de luxe‹ ist aus einem echt tollen Material. Saugt das ganze Blut auf.« Er schaut nach oben, dann wieder auf seine Beinahe-Schwiegermutter.

»Hochzeit ist wohl heute nicht mehr …«

Der Bademantel auf dem mit Betonsteinen gepflasterten kleinen Vorplatz des Hauses, zu Teilen blutrot gefärbt, bildet eine eigenartig stimmige Korrespondenz zu dem angrenzenden ungepflegten Grünstreifen mit wild wucherndem Klatschmohn und den rosa Blüten des Flieders. Es ist still, bis auf das lautstarke Treiben der Vogelwelt und Sophies schrille Schreie aus dem dreizehnten Stock.

Leichter Wind trägt durch die Hecken einen Hauch von Frühlingsduft über den Platz. Auf den Balkonen stehen schweigende Beobachter. In der Ferne ertönen die Sirenen der Polizei.

Abwärts

Altocumulus-Wolken durchziehen den Abendhimmel mit der zum Untergang bereiten Sonne, die den Horizont mit einem majestätischen Rubinrot erfüllt. In der Tiefe der Schlucht rauscht und tost das durch die unbändige Kraft des Sturzfalls aufgeschäumte Wasser und wälzt sich durch das schmale, felsenbegrenzte Bett des Stroms.

Auf dem Gesims der Brücke starrt ein Mann in die Tiefe, durch keine Begrenzung mehr getrennt vom Abgrund. Schwer atmend beugt er sich vor, dann wieder zurück. Schaut zu der Ebene in der Ferne, wendet seinen Blick von Neuem in die Tiefe. Bewegt sich rückwärts und hält sich am Geländer fest.

»Guten Abend, der Herr«, kräht eine alte Stimme hinter ihm. »Genießen Sie den prächtigen Sonnenuntergang hier?«

Er antwortet: »Nein – ja, ich hatte eben vor, also ich wollte gerade …«

»Ist ja einfach herrlich hier«, fällt der Alte ihm ins Wort. »Früher bin ich auch immer über das Geländer geklettert, da hat man doch die bessere Aussicht. Die Absperrung ist ja gut und schön, aber uns Touristen stört das doch sehr, so hoch wie die ist. Durchsehen kann man auch nicht richtig.«

»Ja – ja, die Aussicht ist sehr schön hier«, sagt der Mann auf dem Gesims leise, die Augen in die Ferne gerichtet.

»Wissen Sie«, führt der Alte weiter aus, »so mit den Wolken find' ich schon besser. Blauer Himmel ist ja ganz hübsch, aber wenn die Sonne untergeht und die Wolken davor so schön rot sind, das ist doch toll.«

»Ja. Ein guter Tag zum Untergehen«, sagt der junge Mann.

»Sicher, sicher, da haben Sie recht, ich komme ja hier schon über dreißig Jahre her im Urlaub. Immer wieder herrlich. Bleiben Sie noch länger hier?«

Den Blick von dem alten Mann abgewandt und in die Tiefe schauend, erwidert der jüngere: »Ich werde wohl noch heute Schluss machen müssen.«

»Ach, wie schade. Aber ist ja klar, in Ihrem Alter muss man auch wieder zur Arbeit. Ich bin ja Rentner und kann schon mal länger bleiben, nach Lust und Laune eben. Wenn das Wetter so schön ist wie heute, gehe ich abends immer noch ein Ründchen.«

»Lassen Sie sich durch mich nicht aufhalten«, sagt der Jüngere.

»Nein, nein, ich unterhalte mich doch gerade so angenehm mit Ihnen, und so gut bin ich ja auch nicht mehr zu Fuß, das Alter halt. Und oft wollen die Leute sich ja heutzutage gar nicht mehr unterhalten. Immer wenn man gerade so schön ins Gespräch kommt, müssen die direkt weiter.«

»Ach, was Sie nicht sagen.«

»Ja, so ist das, alle sind in Eile in dieser hektischen Zeit. Als meine Frau noch gelebt hat, konnte ich ihr ständig und in einem fort was erzählen. Na ja, sie war taub, aber sie hat immer so lieb geschaut, wenn ich erzählte …«

Der Mann auf dem Brückengesims starrt den Alten mit offenem Mund an.

»Ja, da schauen Sie, was?«

Ungläubig schüttelt er stumm den Kopf.

Der Betagte fährt fort: »Und, haben Sie heute schon was gegessen? Ich war eben beim Chinesen, da geh' ich oft hin, da gibt es so ein tolles Schweineschnitzel, schön mit Pommes, wie sich das so gehört. Denkt man ja absolut nicht, dass die in China das genauso machen wie bei uns, was? Und so höflich sind die alle. Wie nett man immer begrüßt wird, und auch wenn man geht, ist da eine Freude bei den Asiaten, bis über beide Ohren strahlen die. Kann man sich kaum vorstellen …«

»Na, genau das kann ich mir jetzt grade leidlich ausmalen«, schiebt der junge Mann schnell ein.

»Ach, wirklich? Ihr jungen Leute kennt euch ja auch besser aus mit den modernen Sachen, früher gab's ja keine Chinesen, also mit Essen und so. Ich war hier auch mal beim Inder, ist mir aber zu scharf, und Schnitzel gibt's da auch nicht. Komisch, was? Dabei liegt doch Indien direkt neben China, da müssten dann doch auch Schnitzel irgendwie dahingekommen sein. Oder nicht?«

»Ja, die Welt ist voller Mysterien.«

»Voller was? Aber egal, Sie werden schon recht haben, das neue Zeug ist ja nichts mehr für mich. Schade, dass der Film auf meinem Fotoapparat voll ist, sonst hätten wir mal ein paar Fotos von uns machen können, wo wir gerade so nett hier zusammen sind.«

»Film?«, fragt der junge Mann.

»Ja, Film! Die neuen Apparate find' ich nicht so toll, passt ja schon viel drauf, aber irgendwann sind die dann doch voll und dann muss man sich wieder einen neuen holen. Ich hab' bestimmt schon zehn Stück zu Hause, und dann muss man sich die Bilder immer auf dem kleinen Monitor anschauen … Nää, das ist nichts mehr für mich. Dann lieber ein schönes Fotoalbum, wie sich das so gehört. Kann man auch noch was Schönes dazuschreiben, wie mein Gedicht. Wollen Sie es mal hören?«

Der junge Mann stöhnt: »Habe ich eine Wahl?«

»Sie sind lustig, neenee, da müssten Sie schon springen!«, kräht der Alte munter und beginnt vorzutragen:

»Wo Wasser den Berg runterrutscht und schäumt
Der Wandrer von der Vesper träumt
Wo Bäume im Wald Schatten geben
Da lässt es sich leben!«

Der alte Mann strahlt über das ganze Gesicht. »Wie finden Sie's?«, fragt er.

»Wahnsinn. Ich bin sprachlos – völliger Wahnsinn.«

»Ich hab' das Gedicht auch an ein paar Zeitungen geschickt, hat aber niemand gedruckt, ich weiß auch nicht warum.«

Der junge Mann schwingt sich über das Geländer zurück auf die Straße und sagt: »Vermutlich ist die subtile Reduktion und Konzentration des Gedichtes auf das Wesentliche, auf die grundlegende Essenz des evidenten Realismus, nicht zur Gänze für den Geschmack der in der Lyrik unerfahrenen Masse der Zeitungsleser geeignet.«

»Was? – Ehm …, ja, wenn man's so sieht …«

Freundschaftlich schlägt er dem Senior auf die Schulter: »Aber das spielt nun auch keine Rolle mehr. Alles Gute für Ihren Weg, für die letzte Reise …«

Er packt den Alten und wirft ihn im hohen Bogen über das Geländer in die Tiefe der Schlucht. Der schrille Schrei des Fallenden wird alsbald von dem Tosen der Stromschnellen überlagert. Der junge Mann schaut hinab in die Fluten, bis der leblose Körper bäuchlings in den breiten, friedlichen und ruhigen Teil des Flusses, in die weite Ebene des Tals treibt. Kopfschüttelnd dreht er sich um und geht. Geht seinen Weg weiter …

Auswärtige Fauna

»Die Insel Öland hat eine außergewöhnliche Vegetation«, erklärt der Guide Niklas Olsson dem Touristen Karl-Heinz Müller. »Durch das relativ milde Klima und die vielen Sonnenstunden im Sommer hat sich hier eine einzigartige Flora etabliert.«

Müller schiebt seinen schwarz-rot-goldenen Anglerhut in den Nacken und schaut sich um. »Wo denn?«

Der Guide deutet auf die Pflanzen unter Müllers groben Wanderstiefeln. »Zum Beispiel dort, das sind, oder besser waren, Orchideen.«

Müller beugt sich hinab, setzt seine Lesebrille auf und beäugt die Pflänzchen. »Das sind doch keine Orchideen. Unkraut würde ich so etwas nennen.« Er richtet sich wieder auf. »In meinem Garten würde das direkt ausgerissen und unbarmherzig getilgt.«

Niklas Olsson verzieht das Gesicht. »Wir sind hier nicht in den Tropen. Die Pflanzen, die Sie meinen oder sich zumindest vorstellen, sind zum Beispiel in Asien beheimatet. Das ist ein ganz anderes Klima dort. Da können Pflanzen dieser Gattung groß werden.«

»Hm«, grunzt Müller. »Dann wäre es doch besser, wenn ich mir zu Hause im Botanischen Garten richtige Orchideen anschaue. Jedenfalls besser, als hier über den Boden zu kriechen und Unkraut oder sonstiges Gestrüpp zu bewundern.«

»Sie haben die Naturführung durch Ölands Flora gebucht, nun, diese Orchideen gehören eben dazu.«

Müller schüttelt den Kopf. »Schwamm drüber«, sagt er gereizt. »Weiter im Text, es wird ja wohl hier auf der Insel noch was anderes zu sehen geben. Etwas, das sich lohnt, schließlich habe ich für die Tour mein gutes Geld berappt.«

»Es finden sich in der Pflanzenwelt Ölands viele außergewöhnliche Blumen. Hervorzuheben sind 34 Orchideenarten, insbesondere der Gattung Knabenkraut«, referiert der Guide.

»Wenn das alles so ein Unkraut wie das hier ist«, Müller hüpft auf den Blümchen herum, »na dann, Prost Mahlzeit.«

Niklas Olsson läuft rot an. »Die Pflanzen hier stehen unter Schutz.«

Müller rümpft die Nase. »Vielleicht ist das ja das Problem. Wenn man das Unkraut nachhaltig bekämpfen würde, könnte an der Stelle etwas Vernünftiges wachsen. – Ich kann Ihnen einen super Unkraut-Vernichter empfehlen, dann ist hier ruckzuck Ordnung.«

»Es gibt hier genügend unterschiedliche und schützenswerte Flora«, knurrt der Guide. »In den öländischen Feuchtgebieten treten Pflanzen wie Mehlprimel, Sumpfherzblatt, Strauchfingerkraut, Binsenschneide, Sumpf-Stendelwurz, Fleischrotes Knabenkraut, Einknolle, Glanzstendel, Moor-Blaugras, Pfeifengras, Steife Segge, Rostrotes Kopfried und Fliegenragwurz auf.«

»Das Knabengedöns hatten wir aber eben schon«, korrigiert Müller. »Nicht alles doppelt zählen, auch wenn ich menschlich und aus Ihrer Sicht Verständnis dafür habe, aus dem bisschen Gestrüpp etwas mehr zu machen.«

»Natürlich nicht zu vergessen das Öland-Sonnenröschen, Helianthemum oelandicum, es ist endemisch auf Öland – also nur hier auf der Insel zu finden«, legt der Guide nach.

»Ein ellenlanger lateinischer Name macht das Elend auch nicht besser, aber lass mal sehen. Wie schon erwähnt, ich habe für das Ganze hier bezahlt.«

Niklas Olsson eilt voraus, sein zahlender Kunde trottet ihm behäbig hinterher. Der Guide bleibt vor einer circa zwanzig Zentimeter hohen gelben Blume stehen. »Helianthemum oelandicum«, äußert Niklas Olsson begeistert.

»Ja, ganz nett«, brummt Müller. »Zumindest kann man sie

sehen, ohne auf alle viere zu gehen.« Er runzelt die Stirn. »Ich hätte vermutlich besser nach jemandem geschaut, der mir die Tierwelt hier zeigt. So ein Gestrüpp kann ich mir auch zu Hause anschauen, gelbe Blumen gibt es da auch, jede Menge davon.«

Der Guide verzieht das Gesicht. »Bis auf die Vogelwelt gibt es da aber auch nicht viel Spektakuläres zu sehen. Oder sind Sie Ornithologe?«

»Nein, das nicht.« Müller schaut sich gelangweilt um und schreckt zusammen. »Wie verhält es sich mit den Bären hier? Sind die aggressiv?«

»Bären, hier? Auf der Insel gibt es keine Bären. Da müssen Sie schon nach Nordschweden fahren, die Tiere sind aber eher scheu und …«

Ein Kragenbär schlägt Niklas Olsson von hinten mit seiner Tatze kräftig auf den Kopf, der Mann sackt bewusstlos zusammen. Müllers lautes, schrilles und panisches Kreischen verstört das Tier, und es trollt sich langsam wieder ins Dickicht. Müller versorgt provisorisch die Platzwunde des Guides und verständigt die Notrufzentrale für einen Rettungswagen.

Ein Reporter der lokalen Zeitung Ölandsbladet ist noch vor den Sanitätern am Ort und interviewt den Held der Stunde, der gerne und sehr ausführlich berichtet, wie er den völlig unqualifizierten und unroutinierten Tourführer vor dem sicheren Tod retten konnte. So kommt es zu der Titelstory der nächsten Ausgabe: »Bär aus Tierpark entwischt! – Deutscher Tourist rettet völlig überforderten Pseudo-Natur-Guide. Das beherzte Eingreifen des bekennenden Umweltfreunds Karl-Heinz Müller vertreibt wild geifernden Kragenbären und verhindert somit Schlimmeres. Die Behörden wollen künftig Naturführungen und deren Guides nach strengen Vorgaben zertifizieren.«

Befreiung

Heiner Schreiber lädt seine Pistole durch und nickt seinem Gegenüber zu. Schwungvoll lässt Karl Olbich die Einmannramme gegen die verschlossene Haustür krachen, die keinen erkennbaren Widerstand leistet und nach innen aufschlägt. Er lässt die Ramme fallen, zieht, spannt und entsichert ebenfalls seine Dienstwaffe.

Heiner arbeitet sich langsam in das Haus vor, Karl folgt achtsam mit etwas Abstand. Nach und nach kontrollieren die beiden das Erdgeschoss des abgelegenen Bungalows.

»Hier ist nichts, Heiner«, ruft Karl.

»Hier bei mir ist auch alles sicher.«

»Bleibt noch der Keller.« Heiner geht vorsichtig auf die Tür zu. »Der einzige Weg nach unten.«

Karl horcht an der Tür. »Nichts zu hören. – Wir haben Krach genug gemacht. Wenn da wer ist, weiß der oder die, dass wir drinnen sind.«

»Dieses Arschloch«, schreit Heiner. »Nur wegen dieser ewigen Extratouren und Alleingänge sollen wir uns jetzt hier in Gefahr begeben. Wenn er da unten ist, sollten wir ihn einfach verrotten lassen.«

»Dann darf er die Sache hier aber nicht überleben, er weiß zu viel über uns. Viel zu viel. Wenn er redet, können wir wieder Streife laufen, und das auch nur im allerbesten Fall«, sagt Karl und lehnt sich an die Wand.

»Ja, und im allerschlechtesten Fall liegen wir tot im Keller, da erscheint mir die Aussicht auf Streifelaufen doch als das kleinere Übel. Und alles nur wegen diesem dreckigen Arschloch.«

»Das sagtest du bereits, Heiner. – Ich habe noch zwei Blendgranaten im Auto. Da können wir noch etwas Überraschung in die Sache bringen.«

»Blendgranaten? Wie kommst du denn da dran?«

»Ich war doch letztens bei dieser Fortbildung beim SEK. Das Zeug liegt da einfach so rum. Ich habe mir gedacht, vielleicht kann man es ja mal brauchen ...« Er rennt nach draußen zum Wagen, kommt mit zwei Granaten zurück und drückt Heiner eine in die Hand. »Abziehen, runterwerfen, abwarten, bis es knallt, und los.«

Karl drückt den Griff an der Tür und öffnet sie ein Stück. Auf sein Zeichen ziehen beide an ihren Blendgranaten die Sicherung ab und werfen sie die Treppe runter. Hinter der verschlossenen Tür warten sie, bis die Detonationen den Startschuss geben, und stürmen hinunter.

»Hier ist alles sicher, Karl. Bleibt noch der eine Raum.«

Langsam nähern die beiden sich der Stahltür, horchen an ihr.

»Nichts, man hört absolut nichts. Das falsche Haus?«, fragt Heiner.

»Nein, nein, das kann nicht sein. Die ganzen Hinweise waren eindeutig, und dann noch sein Auto hier in der Garage. Wir sind hier richtig, vielleicht zu spät, aber ganz bestimmt richtig.«

Karl legt die linke Hand an den Türgriff, in der rechten die Pistole. Heiner steht daneben, die Waffe im Anschlag. Er sieht Karl in die Augen – auf sein Zeichen reißt Karl die Tür auf und beide blicken in den stockdunklen Raum. Heiner tastet vergeblich nach dem Lichtschalter, als plötzlich Diskobeleuchtung alles erhellt. Aus den Boxen dröhnt lautstark die Musik von Falcos »Der Kommissar«.

Auf einem Sofa sitzt entspannt ein Mann mit einem Longdrink in der Hand. »Vier Stunden, dreiundzwanzig Minuten und zwölf Sekunden nach dem ersten Hinweis, nicht schlecht Kollegen, nicht schlecht.« Er nimmt einen kräftigen Schluck aus dem Glas.

»Ach ja, bevor ich es vergesse. April, April.« Lauthals lachend scheint er fast auf dem Sofa auf und ab zu hüpfen.

Heiner und Karl schauen sich mit starren Mienen an.

»Da schaut ihr, was? Wenn ihr nur eure dummen Gesichter sehen könntet.«

»Was soll der Scheiß, Schneider?«, schnaubt Karl.

»Jetzt bleibt doch mal locker, am ersten April wird man doch mal einen kleinen Scherz unter Kollegen machen dürfen.«

»Du jagst uns stundenlang durch die ganze Stadt und nennst das einen Scherz?«, schreit Heiner.

»Also ich finde es jedenfalls lustig, Kollegen.«

»Ich konnte diesen Arsch noch nie leiden, Karl«, flüstert Heiner.

»Was wäre, wenn wir ihn nicht oder viel zu spät finden würden?«

Schneider runzelt die Stirn. »Was gibt es denn da zu flüstern, Kollegen? Euch scheint bei der Suche der Humor verloren gegangen zu sein.« Er steht auf und stellt sich zu den beiden. »Kommt Jungs, jetzt trinken wir erst mal einen.«

Er will zu der kleinen Theke gehen, als ihn Heiner packt und die Hände mit einem Kabelbinder fixiert.

»Mach mich los, du Schwein. Sofort!«

Karl schubst ihn mit dem Gesicht nach vorne auf das Sofa und bindet mit Kabelbindern die Beine zusammen.

»Ich mache euch fertig, ich mache euch beide fertig, das war's für euch bei der Polizei.«

Heiner findet auf der Theke ein Handtuch, das er dem schreienden Schneider als Knebel in den Mund stopft.

»So, jetzt ist erst mal Ruhe, man konnte ja keinen klaren Gedanken fassen.«

»Und jetzt, Heiner? Wir können ihn ja schließlich nicht einfach hier liegen lassen.«

»Können wir nicht?«

Zur Sicherheit befestigt Heiner weitere Kabelbinder um Hände und Füße. »Wir haben keine Informationen, wo sich Schneider befindet, er ist einfach nicht zum Dienst erschienen. Irgendwann wird man ihn suchen, aber bis dahin ...«

Er schaltet das Licht aus, schiebt Karl durch die Tür und schließt ab.

Blumenträume

Stina rennt. – Keuchend greift sie sich in die Seite, um Linderung vom aufgekommenen Seitenstechen zu erlangen, angsterfüllt schaut sie sich immer und immer wieder um, kämpft gegen die Schmerzen an, rennt weiter. Der schmale verschlungene Waldweg ist erfüllt von den goldenen Sonnenstrahlen der Mittsommernacht, der leichte Wind in den Bäumen würde jeden Menschen mit der Magie der entstehenden Lichtspiele verzaubern, doch das wütende Schreien und Geifern, das hinter ihr zu hören ist, lässt keinen Raum für die Schönheit der Natur, bei Stina herrscht nur eines – Panik. Blut rinnt ihr aus der klaffenden Wunde an der Schulter über das zerrissene Shirt und über die Shorts bis zu den Joggingschuhen. Völlig ausgepumpt stolpert sie kraftlos über den holprigen Weg, getrieben von Angst und vor allem von dem Adrenalin, das ihr Körper ausschüttet, das sie weiter in Richtung des offenen Tals laufen lässt, wo das rettende Dorf Schutz verheißt. Stina schaut sich nach ihrem Verfolger um, wieder und wieder. Weiterrennend übersieht sie dabei eine Baumwurzel und kann ihren Sturz nur noch auf eine Moosfläche lenken, welche die aufprallende Energie ein wenig abfedert. Stina bleibt hustend und schnaufend liegen, hält dann den Atem an und horcht in den Wald. Der Wind fährt leicht durch die Blätter und erzeugt ein ruhiges, angenehmes Rauschen. Nichts weiter ist zu hören, es herrscht eine friedliche Stille. Langsam rappelt sie sich auf, tastet vorsichtig die Wunde an der Schulter ab, betrachtet die vom frischen Blut rote Hand und schiebt ein Stück Moos behutsam unter das Shirt auf die Wunde. Den blutigen Abschürfungen an Armen und Beinen schenkt sie keinerlei Beachtung. Stina humpelt langsam weiter Richtung Tal, bleibt ab und an stehen, atmet tief und schwer und schaut nach ihrem Verfolger, ohne etwas entdecken zu können. Ein wenig ruhiger und entspannter setzt sie ihren Weg fort, den Blick fest auf das Tal und das Dorf gerichtet. Die aufkeimende Erleichterung treibt sie trotz aller Schmerzen zügig voran, bald wird sie den Wald hinter sich gelassen haben. Die mitternächtliche Sommersonne umschmeichelt und wärmt sie. Ein Knacken lässt Stina panisch herumfahren, aus dem Dickicht des Waldes springt ein ungepflegter bärtiger Kerl schreiend hervor. Eine blanke, in der Sonne blitzende Machete schwingend stürmt er auf sie zu und schlägt mit seiner freien Hand die vor Schock starre Frau nieder, zerrt sie am Arm zu einem umgestürzten Baum, legt ihren Kopf auf dem Baumstamm ab und fixiert sie, indem er ihr mit dem derben Springerstiefel das Becken herunterdrückt. Stinas kraftloser Körper kann kaum Widerstand leisten, nur ein leises Wimmern ist von ihr zu hören. Der Mann holt laut lachend mit seiner Machete aus und schlägt mit Wucht zu.

Stina schreckt in ihrem Bett hoch, schaut sich verwirrt um und wischt sich den Angstschweiß von der Stirn. Sie springt leicht hyperventilierend von ihrem Nachtlager, trottet in die Küche, zapft sich ein Glas Wasser aus dem Hahn und trinkt es gierig.

Er legt ihr die Hand auf die Schulter. »Guten Morgen, Schatz.«

Sie schrickt zusammen und dreht sich herum. »Mensch, Papa, erschrick mich doch nicht so.« Sie stellt das leere Glas in die Spüle.

»Und, schön geträumt, Stina?«

Sie erstarrt. »Was, wieso?«, stottert sie.

»Du hast doch gestern die sieben Wildblumen gesammelt und unter dein Kopfkissen gelegt. Dein alter Herr bekommt alles mit«, sagt er und lacht. »Dann sieht man in der Mittsommernacht seinen zukünftigen Mann im Traum.«

Stina rennt panisch in ihr Zimmer, schlägt das Kopfkissen vom Bett, nimmt die Blumen auf und wirft sie aus dem Fenster.

Schwer atmend stürmt sie ins Bad und lässt sich kaltes Wasser über den Kopf laufen.

In seiner heruntergekommenen Waldhütte sitzt der Einsiedler Jöran, trinkt Schnaps in gierigen Zügen direkt aus der Flasche und grölt schräg Lieder dazu. An dem großen Schleifstein schärft er indes seine mächtige Machete.

Offenbarung

Rappelnd wird die Tür der Seilbahnkabine von einem Mitarbeiter geschlossen. Ina, Åsa und Kalle schweben freudig gespannt über der wald- und seenreichen Provinz Västerbotten. Nahezu unberührte Landschaft, nur die wuchtigen Pfeiler der ehemaligen Materialseilbahn ragen still aus dem Idyll heraus, wie ein Fingerzeig der Industrialisierung.

»Herrlich«, sagt Ina strahlend und schaut auf ihr Tablet. »Die Anlage war früher 96 Kilometer lang und wurde für den Erztransport zwischen Boliden und Kristineberg errichtet, eingeweiht wurde sie 1943 und war bis 1987 in Betrieb. Jetzt werden 13,613 Kilometer davon touristisch genutzt.« Sie lehnt sich zurück und betrachtet die Umgebung durch die Fenster. »Aber davon mal abgesehen, was für eine großartige Natur!«

Åsa stimmt ihr lächelnd zu und ergänzt: »Diese Stille, diese majestätische Flora und Fauna. Was für einen einmaligen Schatz haben wir hier in unserem schönen und prächtigen Land.«

Gelangweilt blickt Kalle von seinem Smartphone auf, schaut sich kurz um und bemerkt: »Jo.« Und tippt umgehend wieder, in sich gekehrt und konzentriert, auf seinem Mobiltelefon herum.

»Mehr fällt dem Herrn dazu nicht ein?«, hakt Ina nach.

Er blickt nochmals auf und beschreibt seine Eindrücke erneut: »Jo, passt schon.«

»Es ist eine Schande, so einem Neandertaler ein solch einmaliges Naturerlebnis zu bieten, es ist den Aufwand nicht wert«, wirft Åsa ärgerlich ein.

Ohne aufzuschauen lässt Kalle sich ein: »Neandertaler sind cool.«

Ina schüttelt den Kopf. »Zumindest findet er seinesgleichen

toll. – Ich könnte mich selbst ohrfeigen bei dem Gedanken, dass ich was mit diesem Schwachkopf angefangen habe.«

»Wann wart ihr beiden denn mal zusammen?«

Ina hebt entschuldigend die Schultern. »Na ja, Åsa. Als er letzte Nacht in die Stuga gekommen ist … er sah so süß aus … Er war im See baden und hatte kein Handtuch dabei. Sein nasses T-Shirt klebte an seinem schlanken, muskulösen Oberkörper und war fast durchsichtig. Er glänzte richtig in der Abendsonne, fast wie ein Engel, nicht von dieser Welt. – Und dann ist es halt passiert. Es war eine Offenbarung! Wenn alle Neandertaler so drauf waren, dann hat die Evolution den Frauen keinen Vorteil verschafft.«

Åsa schaut sie mit offenem Mund an und sagt keinen Ton.

»Was ist denn los mit dir? Warum guckst du so komisch und sagst nichts?«

»Er war gestern mit mir am See«, stottert Åsa. »Offenbar können Neandertaler öfters kurz hintereinander eine Offenbarung sein.«

Kalle kratzt sich abwesend und völlig vertieft in sein Game am Kopf, als würde er nach Läusen suchen. Die beiden Frauen schauen sich still und starr vor Entsetzen an.

Ina stupst Kalle grob an. »Mach mal die Kabine auf!«, befiehlt sie schroff. Er erhebt sich gemächlich und öffnet die Tür mit einem kräftigen Ruck. Er schaut hinunter in den dichten Wald.

»Und nu?«, fragt er emotionslos und gelangweilt. Seine blonden Haare leuchten hell im Schein der nordischen Sonne, durch sein Shirt zeichnet sich der athletische Körper ab.

Die Frauen schauen sich an, nicken, geben ihm beide einen mächtigen Tritt und schauen zu, wie Kalle wild zappelnd und schreiend in die Tiefe stürzt und unter den Baumwipfeln verschwindet. Mit vereinten Kräften mühen sie sich, die Kabinentür wieder zu schließen.

»Meinst du, der überlebt das?«, fragt Åsa.

»Den Sturz vielleicht.« Sie deutet auf das Smartphone, das auf dem kleinen Kabinentisch zurückgeblieben ist. »Eine längere Zeit ohne das Ding da – wohl eher nicht.«

Åsa nickt. »Vielleicht war das auch der Grund, warum die Neandertaler ausgestorben sind …«

Die beiden lachen schallend, packen das Verpflegungspaket aus und bauen Speis und Trank auf dem Tisch auf. »Skål«, prosten sie sich mit ihren Bierdosen zu. Noch rund anderthalb Stunden gondeln sie entspannt über die weite, friedliche Sommerlandschaft und genießen dabei die Brotzeit.

Endrunde

»Die Chips sind alle! Und die Nüsschen sind auch fast schon weg. – Wo du gerade schon mal in der Küche bist, bring mir noch ein Bier mit – und von dem Dip.«

Mechthild klappt die mit Knabberkram vollgestopfte Anrichte auf und zieht eine Tüte Tortilla-Chips heraus. Nach einigem Wühlen stößt sie auch auf die Erdnüsse, beides wirft sie genervt auf den Küchentisch und holt eine Schüssel und Bier aus dem Kühlschrank.

Aus dem Wohnzimmer dröhnt das Grölen von Klaus, der so lautstark wie textunsicher versucht, die Nationalhymne mitzusingen.

Mechthild klatscht einen großen Löffel Dip aus der Schüssel in eine kleine Schale. Sie streift sich Gummihandschuhe über, holt aus dem Küchenschrank ein hinter den Putzmitteln verstecktes braunes Fläschchen hervor und träufelt von der Flüssigkeit reichlich in den Knoblauch-Dip.

»Wo bleibt das Bier?«, schreit Klaus. »Es kann doch nicht so schwer sein, eine Pulle Bier pünktlich zum Spiel abzuliefern. Und vergiss das Knabberzeug nicht.«

»Ist schon auf dem Weg, Schatz.« Sie rührt den Dip kräftig durch. »Ganz speziell für dich, du Penner«, murmelt sie.

Mechthild packt alles auf ein Tablett und trottet ins Wohnzimmer.

Eine große Deutschlandfahne überzieht das Sofa, darauf fläzt sich Klaus in Boxershorts und einem Trikot der Nationalmannschaft von 1990, das nur schwer das in über dreißig Jahren entstandene Volumen zusammenhalten kann. »Stell dich doch nicht direkt vor den Fernseher, wie blöd kann man nur sein. Beim nächsten Spiel ist alles frühzeitig und ausreichend auf dem Tisch, Mechthild.« Er greift gierig nach dem Bier und lässt das kühle Nass die Kehle hinunterlaufen.

Sie versucht vorsichtig, von der Seite aus die Glasschüssel mit den Chips zu füllen, stellt den Dip direkt vor die Nase von Klaus, füllt die Keramikschale mit den Erdnüssen auf und räumt das Leergut ab.

Auf dem Weg in die Küche ruft er ihr nach: »So lange, wie das bei dir dauert, kannst du gleich noch ein Bier bringen. – Und vergiss nicht, den Kühlschrank wieder zu befüllen, sonst schleppst du mir gleich hier noch warmes Bier an.«

Mechthild grunzt verächtlich, stellt ihm aber flugs eine neue Flasche auf den Couchtisch.

Klaus schlingt gierig die Tortilla-Chips, die er zuvor tief in den Dip getaucht hat, hinunter. – Er röchelt, läuft rot an. – Krümel spuckend schreit er: »Abseits! Abseits, du blinde Nuss!« Und spült kräftig mit Bier nach. »Lauft, lauft – bewegt euch, ihr Schlappschwänze«, brüllt er weiter den Fernseher an.

Mechthild sitzt am Küchentisch, reibt sich die Schläfen und betrachtet die Küchenuhr. Lächelnd nimmt sie jeden Schritt des Sekundenzeigers wahr, das Verschwinden der alten Zeit.

»Bring mir ein Handtuch, Mechthild, schnell. Und noch ein Bier.«

Sie springt auf, holt eine Flasche aus dem Kühlschrank und ein Handtuch aus dem Bad.

Schweiß rinnt von Klaus' kahlem Kopf auf das schon durchgeschwitzte Shirt. Sie reicht ihm das Tuch und stellt das Bier ab, schaut mit stiller Fröhlichkeit auf das Pendel der Wohnzimmeruhr. »Tick, tack«, murmelt sie. »Deine Zeit läuft ab.«

»Was brabbelst du da?«, keucht er, um Atemluft ringend.

»Steh da nicht so blöd herum und tu irgendwas.« Seine Muskeln zucken unkontrolliert und er verkrampft, rutscht vom Sofa und liegt mit verzerrtem Gesicht auf dem Boden, umhüllt von seiner

Deutschlandfahne. Sie mustert ihn einige Momente emotionslos, verlässt das Zimmer und schließt die Tür.

Der Bluetooth-Lautsprecher flutet die Küche mit klassischer Musik. Mechthild nippt an ihrem Glas Champagner und verspeist die kunstvoll angerichteten Lachshäppchen. Sie schließt die Augen und genießt die weichen und warmen Klänge einer Sinfonie.

Nach dem furiosen musikalischen Schlusssatz kehrt Ruhe ein. Mechthild erhebt sich und schlurft gemächlich ins Wohnzimmer.

»Verlängerung!«, schreit der Reporter im Fernsehen. »Der Thriller geht in die Verlängerung. Was für eine Spannung, was für eine Dramatik, die gesamte Nation wird jetzt vor den Fernsehgeräten oder den Leinwänden kleben und ihrem Team die Daumen drücken.«

Sie prüft bei Klaus den Puls und nickt lächelnd.

Mechthild wickelt den toten Körper in die Fahne ein, verschnürt ihn gründlich und schleift ihn über den Flur an die Haustür.

»Eins zu null für Deutschland!«, dröhnt es aus dem Fernseher.

Alles ist menschenleer, auch kein Auto ist auf der sonst sehr belebten Straße unterwegs. Aus den Häusern hört man überall den Reporter der Live-Übertragung teils nervös, teils euphorisch schreien. In der Einfahrt öffnet Mechthild die Heckklappe des Kombi und legt die Rückbank um.

Sie müht sich, das schwarz-rot-goldene Paket in den Wagen zu wuchten. Bei den Anstrengungen, das herausragende Ende einzuschieben, bemerkt sie Adele Schneider von nebenan, die dabei ist, einen Teppich in ihrem Minivan zu verstauen.

Entsetzt starren sich beide Frauen an, bis sich ihre Gesichtszüge entspannen, sie einander verständnisvoll und wissend zunicken.

»Das Spiel ist aus«, schreit der Reporter im Fernsehen. Jubelschreie sind aus den umliegenden Häusern zu hören und die ersten Fans rennen johlend und fahnenschwingend hinaus auf die Straße.

Mechthild schlägt die Heckklappe zu und steigt hastig in den Wagen, die Schneider tut es ihr gleich. Die beiden Frauen rasen davon in die Nacht.

Totes Rennen

»Was für eine verdammte Sauerei, so was Parkplatz zu nennen.«
Friedbert Scheiffarth dreht sich grummelnd aus dem Auto heraus, setzt seine blank geputzten Lackschuhe vorsichtig auf die
gesplittete Lehmfläche. Die kühle Feuchte des Morgens liegt
über dem parkähnlichen Gelände der Pferderennbahn und der
muffig-modrige Geruch von Pilzen wabert aus dem angrenzenden Waldstück herüber. Er saugt über die Nase die Luft tief ein.
Herbst, das Ableben der Pflanzen, Vorboten des Totenmonats.
Er reibt sich die Hände. Hauptsaison, Sensenmann und Bestatter,
ein absolutes Dreamteam.

Scheiffarth eilt Richtung Hauptgebäude. Unter den Leuten,
die auf das Gelände strömen, bemerkt er ein bekanntes Gesicht.
»Frau Wegener, guten Tag. Ich darf Sie nochmals, auch an diesem dafür eher ungewöhnlichen Ort, meines allertiefsten Mitge-
fühls versichern. Der Heimgang Ihres sehr verehrten Großvaters
kam ja, trotz seines gesegneten Alters, recht plötzlich.«

Sie senkt ihre grünen Augen, zieht den Gürtel ihres Mantels
fester. »Danke, Herr Scheiffarth.«

»Nach der schweren, zugegebenermaßen ungewöhnlich kurzen Zeit der Trauer wollen Sie sich hier ein wenig zerstreuen?«

»Der Besuch hier ist der Letzte Wille meines Großvaters,
›Sonntag, Rennbahn, Oma, Schmuck‹ waren seine letzten Worte
an mich«, sagt Dörte Wegener mit leicht gereizter Stimme und
schon halb abgewandt, um weiterzugehen. »Darum bin ich hier,
wie früher so oft mit Oma und Opa.«

»Manchmal ist es ein Mysterium, was den alten Leutchen zuletzt noch in den verwirrten Sinn kommt, Frau Wegener.«

»Er hat bis zum Schluss immer gewusst, was er gesagt und

getan hat, da gab es keine Mysterien, Wirrnis oder dergleichen. Selbst auf dem Sterbebett war er klarer im Kopf als die Mitarbeiter Ihres Betriebes«, schimpft sie.

»Zum Glück hat er sich kein aufwendiges Begräbnis gewünscht. Schrecklich, sein Erbteil auf diese Weise verschleudern zu müssen«, kontert Scheiffarth spitz.

Wegener kommt dicht an ihn heran. Sie überragt ihn um einen halben Kopf, ihr Atem lässt seine Brille beschlagen. »Die Unwürdigkeit der Trauerfeier«, zischt sie ihm entgegen, »war ausschließlich der Unfähigkeit Ihres jämmerlichen, inkompetenten Unternehmens geschuldet.«

Er weicht einen Schritt zurück. »Wenn man von allem das Billigste bestellt, kann man kein Staatsbegräbnis erwarten.«

Mit ihrem Zeigefinger scheint sie in seine Brust hineinzustechen. »Auf der Trauerfeier mit der Rechnung aufzutauchen, den Betrag bar und sofort zu fordern, war das Allerletzte.«

»Dies ist aber bei dem gewählten BPAF-Discount so vorgesehen. Buried, Pay And Forget – begraben, bezahlen und vergessen. Zufällig habe ich einen Prospekt dabei, hier steht es im Kleingedruckten. Da, sehen Sie …«

»Papperlapapp«, brüllt sie, »das war keine Trauerbegleitung, das war ein Trauerspiel.«

Andere Rennbahnbesucher in der unmittelbaren Nähe sind fast verstummt, interessiert lauschen sie dem lautstarken Gespräch und starren die beiden an.

»Jetzt machen Sie doch keine Szene hier, gnädige Frau.« Scheiffarth rudert mit den Händen in der Luft.

Sie poltert weiter: »Ihre gnädige Frau können Sie sich sonst wohin stecken.« Die Wegener ist jetzt vollends in Rage. »Von so einem wie Ihnen lasse ich mir nicht den Mund verbieten, so weit kommt das noch!«

Scheiffarth rettet sich in das Gebäude, in die Halle mit den Wettkassen. Funktional wäre eine treffende Beschreibung für den Raum, wenn man es positiv sieht. Hier ist man zum Wetten, Analysieren, Fachsimpeln. Selbst die Theken für Imbiss und Erfrischungen sind nicht einladend. Hier holt man ab. Und nur das, was man unbedingt braucht. Trotz der vielen Leute ist es ruhig, angespannt still – auf einem Friedhof geht es weitaus munterer zu.

An einem der abgenutzten Tische lässt sich Scheiffarth nieder. Was für eine Furie, Kundengespräche am Sonntag braucht kein Mensch, aber da muss der serviceorientierte Geschäftsmann wohl durch. Nach tiefen Atemzügen lehnt er sich zurück. Wenn die Knauser wüssten, dass ich mit den Billigbeerdigungen den größten Gewinn generiere, hätten sie wenigstens Grund zum Schreien. Wie täuschend echt die Rumänen einen Pappsarg in Holzoptik herstellen, inklusive der Wasserkammern, damit das Gewicht stimmt.

Er breitet sorgfältig seine Wettzeitung aus, auf den Monitoren werden die Teilnehmer des nächsten Rennens angezeigt. Seltsame Pferdenamen, die normalen Bezeichnungen von früher verschwinden zusehends von den Bahnen dieser Welt. Nanna's Jewelry, Omas Schmuck, hört sich nicht sonderlich agil an. Omas Schmuck? Hatte die Irre doch eben erwähnt, also kein sinnloses Gebrabbel von dem Todgeweihten. Der alte Wegener hat immer bei den Wetten hier abgeräumt, letzten Renntag sogar noch. So ist das Leben, erfolgreich bis zuletzt, dann ab in die Pappschachtel und unter die Erde. Das Geld ist für die Lebenden da, nicht für die Toten.

Dann setz' ich doch mal schnell das Geld von Opas Begräbnis auf das besagte Pferdchen. Beschwingten Schrittes setzt Scheiffarth sich in Bewegung zu einem Schalter und platziert die Wette. »Eintausend Euro auf Sieg, Nanna's Jewelry, viertes Rennen.« Seinen Wettschein behutsam verstauend, schlendert er zur Tribüne.

Auf der Rennbahn ist ein nervöses Gewimmel an der Startmaschine, die letzten Pferde werden in die Startbox gedrängt. Und los, der Lautsprecher plärrt:»Tornado setzt sich direkt an die Spitze, dahinter Old Spirit gefolgt von Waldschrat, von hinten drängt Nanna's Jewelry nach vorne und noch 300 Meter bis zum Ziel.« Gebannt starrt Scheiffarth auf den Zieleinlauf. »Nanna's Jewelry jetzt auf Platz zwei, greift Waldschrat weiter an, jetzt Kopf an Kopf, Nanna's Jewelry hat noch Luft, zieht mit einer Kopflänge vor Waldschrat durchs Ziel und gewinnt das Rennen.« Händereibend hastet Scheiffarth voller Freude zu den Schaltern. Der Sprecher verkündet:»Korrektur Ergebnis viertes Rennen, Disqualifizierung von Nanna's Jewelry wegen Behinderung, Sieger somit Waldschrat.« Scheiffarth lässt sich in der Wetthalle auf einen Stuhl fallen.

»Ist Ihnen das Glück nicht hold, Herr Scheiffarth?« Schnell dreht er sich herum, ein großer, kräftiger Mann mit osteuropäischem Aussehen steht hinter ihm.

»Kennen wir uns?«

»Wir haben einen gemeinsamen Bekannten aus Rumänien. Da sich in Ihrer beider Geschäftsbeziehung finanzielle Unregelmäßigkeiten eingeschlichen haben, hat mich unser Freund gebeten, ein Auge auf Sie zu haben.«

»Wie nett von ihm, das Geld wird aber erst morgen fällig.«

»Sicher, ich weiß. Dann sehen wir uns morgen, weiterhin einen schönen Sonntag noch.«

»Ja, danke, ebenso.« Scheiffarth rauft sich die Haare, massiert sich die Schläfen und das Gesicht. Sein Blick fällt zufällig auf die Wegener, an einem der Wettschalter holt sie einen dicken Packen Geld ab. Keine kleinen Scheine, das sagt ihm der geschärfte Blick des Geschäftsmanns auch auf diese Entfernung. Das schlichte schwarze Kleid steht ihr, was für Proportionen und feine Rundungen. Macht diesen Drachen im Ganzen aber nicht besser. Dazu die fette Halskette, schaut aus, als hätte Großfürstin Olga ihr die für einen Zarenempfang geliehen. Ein richtiger Omaschmuck – Moment mal, Sieger drittes Rennen das Pferd Perlenkette. Er schlägt sich mit der flachen Hand an die Stirn. Die Perlenkette ist Omas Schmuck. Mist, aufs falsche Pferd gesetzt. Er sucht auf der Anzeigentafel nach der Quote. Richtig abgesahnt muss sie haben. Eine bodenlose Verschwendung, wo andere das Geld sehr viel nötiger brauchen. Sie wendet sich dem Ausgang zu. Scheiffarth springt auf, rennt durch den Hinterausgang um das Gebäude herum und schneidet ihr den Weg ab.

»Frau Wegener, schön, Sie noch mal zu sehen. Ich möchte mich von Herzen wegen der Sache eben entschuldigen, meine Reaktion war pietät- und würdelos, völlig inakzeptabel. Darf ich Sie, als kleines Zeichen meiner tiefsten Wertschätzung, zu einem Glas Sekt einladen? Im Streit sollten wir nicht auseinandergehen.«

»Ich muss nach Hause, mein Bus fährt gleich.«

»Kein Problem, ich fahre Sie, gnä…, ähm, ich meine, Frau Wegener.«

»Danke, nein, ich komme schon klar.«

»Ist ein Weg für mich, ich komme sowieso bei Ihnen vorbei, lassen Sie mir doch die Freude, Ihnen zu helfen.«

Dörte Wegener betrachtet den Himmel, erste Regentropfen fallen ihr auf Gesicht und Mantel, an der Haltestelle sieht sie den Bus soeben abfahren. Sie schaut auf ihre Uhr, verzieht die Miene.

»Na ja, okay, dann fahren Sie mich halt nach Hause.«

»Wenn ich vorgehen darf, dahinten steht der Wagen.«

»Sie sind mit dem Leichenwagen hier?«

»Immer im Dienst, immer bereit. Wie der Tod, der macht sonntags auch keine Pause.« Er öffnet die Fahrzeugtür mit einer leichten Verbeugung.

»Bitte, Frau Wegener, steigen Sie ein.«

»Da liegt aber niemand drin, oder?«

»Nein, nein, alles leer, kein Grund zur Sorge. Wollen Sie nachschauen?«

»Auf keinen Fall!«

Nachdem sie eingestiegen ist, lässt Scheiffarth die Beifahrer-
tür in das Schloss fallen. Er eilt um den Wagen herum, steigt ein,
dreht die Zündung. Aus dem Audiosystem hallt:»Knock, knock,
knockin' on heaven's door.«

»Die Musik der Jugend, muss ich wohl irgendwie hier, so na
ja…« Scheiffarth lässt die CD herausgleiten. Das Radio setzt ein,
der Klassiksender, das Requiem von Mozart. Er lächelt seiner
Beifahrerin zu, sie dreht den Kopf, schaut aus dem Seitenfenster.
Langsam rollt der Wagen vom Parkplatz auf die Straße.

»Ich hoffe, Sie hatten einen angenehmen Tag im würdigen
Angedenken an Ihre Großeltern. An Spaß ist ja nach den trauri-
gen Tagen überhaupt nicht zu denken.«

»Danke, der Besuch hatte melancholische, aber auch seine
fröhlichen Momente.« Dörte Wegener lässt ihre Blicke über die
Landschaft schweifen.

»Gut, dass Sie etwas Zerstreuung finden konnten.« Seine
Hände krallen sich um das Lenkrad. Glaub' ich ihr gerne, die Ta-
schen voller Geld, zaubert Fröhlichkeit herbei.

»Liebe Frau Wegener, da wir gleich am Friedhof vorbeikom-
men. Würde es Sie sehr inkommodieren, wenn ich kurz in die
Trauerhalle springe? Ich muss nur schnell etwas kontrollieren,
wegen einer anstehenden Beerdigung.«

»Sie laden doch nichts ein?«

»Nein, das würde ich mir nie erlauben, nur nachschauen.«

»Na, dann los, auf einige Minuten kommt es nicht an.«

Sie verlassen die Hauptstraße in Richtung des kleinen abgelegenen Waldfriedhofs.

»Einen Moment nur, ich beeile mich.«

»Lassen Sie sich ruhig eine Zigarettenlänge Zeit.« Die Wegener steigt aus, zündet sich eine an.

Scheiffarth hastet zur Trauerhalle, in den dahinter angebau-
ten kleinen Schuppen. Die Tür ist wieder mal offen, was für ein

Schlamper doch dieser Gärtner ist – zugegeben, Glück für mich. Er hat doch hier immer seinen Kram herumstehen. Ein Spaten und Bindedraht, das wird genügen. Lautlos über das nasse Laub, geschützt von der Dunkelheit des Herbstabends und die Schippe im Anschlag, arbeitet sich Scheiffarth unbemerkt bis auf Schlagweite zu der ahnungslosen Raucherin vor. Ein kräftiger Hieb mit dem Spaten streckt Dörte Wegener nieder. Ihr kurzer Schrei verhallt in der Dunkelheit, der Körper sackt zusammen, dann ist wieder Stille. Das ist schon mal geschafft, jetzt den Draht um den Hals zuziehen und Ende, aus die Maus.

»Gnädige Frau, leider müssen Sie sich einen Sarg mit der dürren Schulze teilen.« Geübt, professionell gelangt Frau Wegener in die Leichenhalle und zu ihrer künftigen Gefährtin für die Ewigkeit, zumindest bis zum Jüngsten Tag.

»Ich erlaube mir, Ihre Barschaft an mich zu nehmen. Auf Ihrem Weg benötigen Sie ja nichts mehr. Oder, hier zwei Euro für Charon.« Er verschraubt den Sargdeckel. »Dann gute Reise.«

Was für ein verrückter Tag, alle Probleme auf einen Schlag gelöst, im wahrsten Sinne des Wortes, und jetzt ab nach Hause. Die Kühle der Abendluft füllt wohltuend seine Lungenflügel.

»Guten Abend, wie ich sehen durfte, ist Ihre finanzielle Indisposition aus dem Weg geräumt.«

»Wer ist da?« Scheiffarth schaut suchend in die Dunkelheit.

»Wir hatten heute schon kurz das Vergnügen, bezüglich der Geschäfte mit unserem rumänischen Freund, Sie werden sich doch erinnern …« Der Osteuropäer tritt in den fahlen Schein der Straßenlaterne.

»Gewiss. Unser Termin ist aber doch erst morgen«, presst Scheiffarth heraus.

»Man hat mich gebeten, Sie weiter im Auge zu behalten.« Er schreitet langsam auf Scheiffarth zu. »Es war äußerst faszinierend für mich, Sie hier agieren zu sehen. Ich habe zuweilen Kunden, die darauf aus sind, eingegangene Geschäftsbeziehungen zu beenden. Da die Vertragsbindungen mit uns lebenslänglich sind, gibt es bei vorzeitigen Beendigungswünschen immer Entsorgungsprobleme. Ihren Lösungsansatz für einen solchen Umstand finde ich imponierend. Ein attraktives Geschäftsfeld für uns beide, wie ich meine. Ich liefere das Material, Sie sorgen für die Entsorgung.«

»N-nein, äh, ja …«, stottert Scheiffarth.

»In einigen Stunden sehen wir uns in Ihrem Institut, wegen der ausstehenden finanziellen Transaktion. Dann besprechen wir die Sache in Ruhe.«

Der Osteuropäer verschwindet im Dunkeln.

»Scheiße«, brüllt Scheiffarth auf dem Weg zu seinem Wagen, steigt ein und rast los.

Es stehen in den nächsten Tagen einige Bestattungen an, überlegt er. Wenn man ihn auf die Särge verteilt, passt das schon. Vermissen wird den eh niemand, bis auf die Rumänen. Wenn ich anfrage, warum sie jemanden geschickt haben, der den doppelten Betrag kassiert hat, wundern die sich gewiss nicht, dass er anscheinend das Weite gesucht hat. – Er ist groß und kräftig, ihn zu überwältigen, wird nicht so mühelos gelingen wie bei der Wegener. Aber wenn ich vorgebe mitzuspielen, ein paar Schnäpschen auf den Geschäftsabschluss, dazu der Überraschungseffekt. Der Bestatter wird's richten.

»I'm on the highway to hell«, schreit es aus den Boxen in die Nacht.

Coulrophobie

»Melanie, jetzt kommen Sie doch wieder rein! Es gibt nichts, aber auch rein gar nichts, was man hier fürchten müsste.«

Melanie hält sich krampfhaft am Terrassengeländer fest und schaut die sieben Stockwerke auf die belebte Hauptstraße hinab. »Keinen Schritt weiter oder ich springe. Ihnen glaube ich kein Wort mehr, Frau Doktor.«

»Wir sind hier alle ganz entspannt, Melanie. Entspannt, ruhig und völlig ohne irgendwelche Hintergedanken. Alles hier passiert nur zu Ihrem Besten.« Doktor Jessica Katte zischt zu dem hinter ihr stehenden Hausmeister: »Warum war die Terrassentür nicht verschlossen?«

Er zieht langsam die Schultern hoch. »Also, ich wollte das eben noch gemacht haben …«

»Herr Hambroich, so eine Schlamperei darf absolut nicht passieren! Wir arbeiten hier mit Angstpatienten, die handeln irrational in gewissen Emotionslagen.« Sie fixiert ihn mit zusammengekniffenen Augen.

»Ja, also, Frau Doktor. Es ist halt wieder hier und da was und …«

»Ausreden, immer nur Ausreden, wenn Sie in Ihrem Job nur so einfallsreich wären wie mit Ihren andauernden Ausreden.« Sie schüttelt den Kopf.

»Ich tue mein Bestes, Frau Doktor, dann schließe ich jetzt mal ab«, brummelt der Hausmeister und bewegt sich auf die Terrasse zu.

Jessica Katte schreit schrill auf: »Sind Sie denn wahnsinnig, Hambroich? Wenn Sie die Patientin so verschrecken, springt die.«

»Da ist doch niemand mehr …« Der Hausmeister verschließt sorgfältig die Tür.

Dr. Katte rennt suchend durch die Flure der Praxis-Etage. Gemächlich folgt ihr Hambroich, der sich mit einem Taschentuch den Schweiß von seiner Halbglatze wischt.

Melanie hat es zu der Tür zum Treppenhaus geschafft, das Wummern hinter der schweren Holztür hält sie erst noch davon ab, sie zu öffnen, dann bedient sie beherzt den Drücker und zieht die Tür auf. Mit dumpfen Schlägen schiebt sich eine rot-weiß lackierte dicke Trommel ein Stück durch den Türrahmen. Panisch kreischend drückt sie die Tür wieder zu. Polternde Geräusche und angstvoll schreiende Menschen sind aus dem Treppenhaus zu hören. Melanie brüllt die geschlossene Tür an. Als plötzlich etwas dumpf auf ihren Kopf aufschlägt und sie bewusstlos zusammensackt.

Der nächste Tag. Im Kölner-Stadt-Anzeiger wird berichtet:

Angst – Panik – Gewalt
Tumult in Praxis für Angststörungen

EHRENFELD. Am späten Vormittag ereignete sich in einer Ehrenfelder Praxis für Angststörungen eine Tragödie. Verängstigt durch einen Notfallpatienten, einen Clown mit Angst vor Kindern, der während eines Auftritts aus der Kinderklinik geflohen war, flüchtete sich die Coulrophobie-Patientin Melanie A. auf den Balkon der Praxis und drohte, sich aus dem siebten Stock hinunterzustürzen. Die herbeigeeilte Leiterin der Praxis, Dr. Jessica Katte, sowie der Objektbetreuer Karl-Heinz Hambroich versuchten, beruhigend auf Melanie A. einzuwirken. Der weitere Verlauf wird wie folgt angenommen: In einem unbeobachteten

Moment konnte die unter Angst vor Clowns leidende Patientin unbemerkt den Balkon Richtung Treppenhaus verlassen. An der dortigen Tür traf sie auf eine für ihre Konfrontationstherapie bestellte Einheit vom Verein Düxer Clowns. Die panisch schreiende Melanie A. schlug der im Eintritt befindlichen vollkostümierten Therapieeinheit die Tür vor der Nase zu und wurde im Anschluss von einem angstgestörten Mann (Angst vor kreischenden Frauen) mit einem Feuerlöscher niedergestreckt. Die Düxer Clowns stürzten rückwärts die Treppe hinab, es gab sechs schwer verletzte und fünf leicht verletzte Clowns, diese wurden wie die verletzte Melanie A. in eine nahe gelegene Klinik eingeliefert. Carlo Z., der die Körperverletzung mit dem Feuerlöscher an Frau A. begangen hat, ist noch flüchtig. Die genaue Rekonstruktion des Tatherganges gestaltet sich schwierig. Melanie A. ist noch nicht ansprechbar. Die leicht verletzten Mitglieder der Düxer Clowns haben sich selbstständig aus dem Krankenhaus in ein nahe gelegenes Brauhaus verlegt und sich dort in einen vernehmungsunfähigen Zustand gebracht, die Schwerverletzten konnten nur durch Sedierung daran gehindert werden, ihren Kollegen zu folgen. Dr. Jessica Katte äußerte sich nach den Vorfällen: »In der langjährigen und erfolgreichen Arbeit unserer Praxis ist dies das erste Vorkommnis dieser Art. Es war eine unglückliche Verkettung von Einzelfällen, die sich an diesem Tage trotz unserer hohen Sicherheitsstandards nicht vermeiden ließen. Natürlich werden wir alles analysieren und unsere Standards weiter optimieren. Grundsätzlich sind alle unsere Patienten, Ärzte, Mitarbeiter und externen Partner sicher in unseren Räumen. Der Weg zu unserem Institut ist wesentlich gefährlicher, als sich bei uns aufzuhalten.« Der mittlerweile freigestellte örtliche Objektbetreuer Karl-Heinz Hambroich brachte es auf den Punkt: »Ich freue mich jeden Tag, an dem ich gesund und lebend nach Hause komme, bei den ganzen Bekloppten hier. Und dazu noch diese ganzen komischen Patienten.«

Das Zittern hinter der Ananas

Langsam und gebeugt schleppt sich Thomas Werner in seinen Arbeitsklamotten den Kanal entlang durch die beginnende Abenddämmerung. An einer alten Mietskaserne öffnet er die schwere, bejahrte Holztüre, die erst wieder laut in das Schloss klatscht, als er sich bereits auf der Treppe befindet. Das Stampfen seiner Stahlkappenschuhe schallt durch das leere Treppenhaus und begleitet ihn bis in den sechsten Stock vor seine Wohnung.

»Endlich Feierabend«, stöhnt er drinnen leise. Zügig entledigt er sich seiner Kleidung, braust sich in der Dusche kurz ab und steigt in seinen alten neonfarbenen Ballonseide-Trainingsanzug und die grauen Filzpantoffel.

Thomas trottet in die Küche und stellt gemächlich alle Zutaten sowie die Gerätschaften für die Zubereitung eines Pfannkuchenteigs zusammen. Er schaut sich im Raum um, sein Blick fällt auf den Obstkorb auf der Anrichte.

»Ah, ein Apfel ist auch noch da, passt doch perfekt.« Schnell ist der Teig angerührt und die gusseiserne Pfanne auf den Herd gestellt. »Und jetzt zum Apfel.«

»Iss mich nicht!«, schreit der Apfel.

Thomas schüttelt den Kopf. »Wieso nicht? Du bist ein Apfel, dafür gemacht, gegessen zu werden.«

»Nein, das sind doch nur dumme Sprüche der Vegetarier, Veganer und ganz, ganz schlimm, der Frutarier. Warum keinen schönen dicken Speckpfannkuchen? Goldbraun ausgebacken in Schweineschmalz … Schon der Duft, allein bei der Vorstellung läuft einem das Wasser im Mund zusammen … Das ist eine richtige Mahlzeit, deftig, nahrhaft, was für richtige Männer!« Sein Stiel wackelt aufgeregt hin und her.

»Ja, sicher – schon, aber ein wenig Obst ist doch auch mal angenehm und vor allem gesund«, entgegnet Thomas und lässt eine großzügige Menge Öl in die Pfanne laufen.

»Nur weil wir Äpfel nicht durch den Wald rennen oder auf der Weide herumstehen, heißt das ja noch lange nicht, dass wir Lust haben, im heißen Öl frittiert und aufgefressen zu werden.« Das Rot der Schale scheint sich zu intensivieren.

»Mag sein, aber irgendwas muss man ja schließlich essen …«

»Schweine! Die sind perfekt dafür. Schweine fressen selbst alles, was ihnen vor den Rüssel kommt, die haben das eher verdient. Jedenfalls eher als edle und friedfertige Pflanzen.«

»Ich denke aber, so ein Schwein sieht das doch etwas anders.«

»Quatsch, die futtern den ganzen Tag endlos vor sich hin, suhlen sich im Schlamm und versauen mit ihrer Gülle zudem noch die gesamte Umwelt. Das ist doch die Wahrheit, weg mit dem Schweinkram!«

Thomas hält einen Moment inne, öffnet den Kühlschrank und schaut die Ebenen durch. »Ich hätte noch eine Leber da.«

»Na siehste, das ist was für einen schwer arbeitenden Werktätigen«, jubelt der Apfel begeistert.

Ein wenig mehliert gleitet die Leber in die heiße Pfanne. Eine schweigsame Zwiebel, zügig zerteilt, gesellt sich dazu, und das Abendessen brät friedlich vor sich hin. »So, gleich ist's fertig.« Thomas holt Besteck, Teller, eine Flasche Bier und deckt ein.

»Schaut richtig lecker aus«, sagt der Apfel.

»Ja, aber irgendetwas fehlt noch«, murmelt der Mann, streicht sich über das Kinn und nickt langsam mit dem Kopf. Er dreht sich um und rammt das Küchenmesser in den vor Schreck stummen Apfel. Im Handumdrehen zaubert er Apfelringe aus dem zum Schweigen gebrachten Obst, karamellisiert sie eilig in der Bratpfanne, geschwind findet alles seinen Weg auf den Teller und Thomas begutachtet zufrieden seine Portion Leber Berliner Art.

Das Abendmahl braucht nicht lange, um seinen Weg in den Mann zu finden. Gesättigt zurückgelehnt leert er geruhsam sein Bier. Dann beginnt er versonnen, in dem stehen gelassenen Pfannkuchenteig zu rühren, und wiegt langsam das Haupt. Momente später dreht Thomas seinen Kopf zu der Anrichte und blickt erneut auf den Obstkorb. Stumm zittern darin die Zwetschgen hinter der Ananas.

Exotisches

Der purpurne Mond wandert langsam weiter und gibt den Blick frei auf seinen türkisfarbenen Zwillingstrabanten.

»Was für ein wunderschöner Morgen.« Sie wandeln durch die roten Schwaden, die aus kleinen Tümpeln aufsteigen und über den mit schleimigen Flechten überzogenen Felsboden wabern.

»Herrlich, was für ein angenehmes Fleckchen Land.«

Schweigend streifen sie weiter durch das Gelände und genießen den jungen Tag.

»Schau mal, da. Da oben«, er zeigt mit drei seiner sechs Tentakel auf einen hellen Punkt zwischen den beiden Monden, der größer wird und schnell auf sie zukommt.

Qu-i-guel reckt einen seiner beiden Köpfe in die Höhe. »Meinst du, Bl-i-zbel, da kommen schon wieder welche?«

»Schaut jedenfalls ganz so aus.«

Der helle Punkt am Firmament entwickelt sich beim Näherkommen zu einem silbrigen und blinkenden Raumfahrzeug.

Er nickt heftig mit den Köpfen. »Ja, schon wieder so ein Ding«, sagt Bl-i-zbel.

Sie beobachten, wie sich das Fluggerät zügig auf ihren Planeten herabbewegt. Fallschirme öffnen sich und werden kurz über dem Boden abgeworfen. Bremsraketen lassen die Landekapsel sanft und sicher auf dem felsigen Boden aufsetzen.

Die beiden trippeln mit ihren je sechs dünnen Beinchen gemächlich zur Landestelle.

Eine Luke öffnet sich an der Kapsel, schwerfällig mühen sich nacheinander zwei Lebewesen mit dicken Raumanzügen und großen Helmen durch die Öffnung, klettern die kleine Leiter hinab und betreten vorsichtig den Planeten. In den goldbeschichteten Visieren ihrer Helme spiegelt sich die Umgebung der für sie neuen und fremden Welt.

Vorsichtig machen sie die ersten Schritte und bemerken die beiden Bewohner des Planeten, die plötzlich vor ihnen stehen. Einer der Raumfahrer hebt grüßend die Hand, aus dem Lautsprecher seines Helms tönt blechern: »Wir kommen in Frieden und Freundschaft von weit, weit her – von den Sternen.« Er deutet in den hellgrün leuchtenden Himmel. »Wir sind Repräsentanten einer fernen Welt und haben Geschenke für euch.«

Der zweite Raumfahrer holt aus einer Außenklappe der Landeeinheit eine silbrig glänzende Kiste heraus, auf deren Vorderseite eine Art astronomische Karte sowie grafische Darstellungen mathematischer Formeln eingraviert sind. Die Schnappverschlüsse werden gelöst, der Deckel schnellt hoch und aus einem Projektor darin wird ein Hologramm erzeugt. Es erscheint ein Spiralnebel, in dem zu einem Sonnensystem gezoomt wird, dort bewegen sich acht Himmelskörper um das Zentralgestirn. Weiter geht es zu einem blauen Planeten mit einem umlaufenden Mond. Es folgen Bilder von Städten, Flüssen, Bergen, Wäldern und Wüsten. Impressionen einer Welt im Zeitraffer. Zum Ende der Präsentation erscheinen eine Frau und ein Mann, die in verschiedenen Sprachen grüßen und dazu mit der rechten Hand winken.

Qu-i-guel hält sich einen Universal-Übersetzer vor sein Sprechzentrum: »Ihr seid von der Erde?«

Die beiden im Raumanzug schauen sich an. »Ähm … ja, genau«, antwortet einer von ihnen zögerlich.

»Was denn im Detail?«, fragt Bl-i-zbel.

»Wie, was im Detail?«

»Woher genau?«

»Amerika, wir sind Amerikaner, also Bürger der Vereinigten Staaten.« Er deutet auf die Stars-and-Stripes-Flagge auf seinem Raumanzug.

»Europäische Wurzeln?«, hakt Qu-i-guel nach.

»Nein«, sagt einer der beiden Erdlinge. »Chinesisch und thailändisch ...«

»Wie schön, das hatten wir bisher noch nie.« Die beiden trippeln näher an die beiden Raumfahrer heran.

»Waren hier etwa schon öfter Menschen von der Erde zu Gast?«

»Zu Gast ... sicher, ja, gewissermaßen ...«, sagt Bl-i-zbel und nickt seinem Kollegen aufmunternd zu.

Blitzschnell stürzen sie sich auf die beiden Besucher. Mit ihren kräftigen Tentakeln reißen sie die Raumanzüge der beiden Erdenbürger auf, die in der sauerstoffarmen Atmosphäre in wenigen Minuten röchelnd ihr Leben aushauchen.

Sie schauen die von der Schale befreiten Menschen an und reiben freudig ihre Fangarme aneinander. »Super, heute gibt es endlich mal asiatische Küche.«

Ruchlos

Ein aufgescheuchtes Reh jagt in Panik davon, als das Mädchen fröhlich durch den sonnenflimmernden Wald springt. Strahlen treffen in voller Kraft auf ihre rote Mütze und lassen diese weithin sichtbar intensiv purpurn leuchten. Das Mädchen atmet tief die Herbstluft ein, spürt den Pilzduft in der Nase und hüpft fröhlich von dem breiten Weg herunter in den Forst. Nur ihr Körbchen erinnert sie noch an ihren eigentlichen Auftrag, die hungrige Großmutter zu versorgen. Sie schaut sich im Dickicht nach den begehrten Früchten des Waldes um und erspäht in der Ferne eine ideale Stelle.

»Steinpilze, das wäre jetzt genau das Richtige, zusammen mit Tagliatelle, Marsala, Parmesan, Knoblauch – einfach göttlich …«, sagt sie leise vor sich her und geht noch tiefer in den Wald, wo tatsächlich das Gewünschte im Überfluss bereitsteht. Zärtlich und vorsichtig dreht sie die Pilze aus dem Waldboden und legt sie achtsam in den Korb.

»Moinsen«, tönt eine tiefe Männerstimme durch den Tann.

Sie kreischt schrill auf: »Mann, hast du mich jetzt erschreckt.«

»Entschuldigung, ich wollte nur nett sein.«

Sie schüttelt kräftig den Kopf. »Wenn man durch den Wald schleicht und sich Damen nähert, sollte das mit etwas mehr Taktgefühl geschehen. Ich hätte mich ja fast bepisst vor Schreck!«

Er säuselt mit sonorer Stimme: »In der freien Natur ist man doch etwas legerer mit der Etikette.«

Sie verzieht das Gesicht. »Eine Dame ist eine Dame und bleibt eine Dame, auch im Wald. Wer bist du überhaupt?«

»Mein Name ist Wolf, gnädiges Fräulein.« Er deutet eine Verbeugung zu einem Handkuss an.

Sie steckt die Hände in die Seitentaschen ihres Minirocks. »So schmierig muss es jetzt aber auch nicht sein.«

Lächelnd hebt er wieder den Kopf. »Und mit wem habe ich das Vergnügen?«, fragt er freundlich.

»Ich bin die Chantale.«

»Und was treibt dich so tief in den dunklen Wald?«

»Die Oma hat ihre Midlifecrisis, schon eine gefühlte Ewigkeit. Sie wohnt in 'ner alten Köhlerhütte und ich muss Madame jetzt regelmäßig die Einkäufe vorbeibringen.« Sie gibt dem Korb einen kräftigen Tritt. »Nur von Beeren und Eicheln will die alte Neu-Öko-Aktivistin dann doch nicht leben, und ohne Pinot Grigio und Tempranillo geht schon mal gar nichts bei ihr.«

Er legt sich entspannt unter eine mächtige Buche, die durch eine Windbruchschneise im hellen Sonnenlicht erstrahlt. »Dann bleib doch einfach noch etwas bei mir, Chantale. Die Alte wird schon nicht verhungern …«

»He, wie redest du von meiner Großmutter? Wenn jemand so über die Alte herziehen darf, dann bin ich das.« Sie lässt sich neben ihm auf dem weichen Waldboden nieder.

»Gut gefüllt«, sagt er.

»Na ja«, sie schaut in den Korb, »was Frau halt so braucht oder glaubt, brauchen zu müssen.«

»Den Korb meine ich jetzt nicht, es geht mir um die Körbchen«, grunzt er.

Chantale verschränkt die Arme über der Brust. »Ein alter geiler Sack mitten im Wald, das hat mir gerade noch gefehlt.« Sie will aufspringen, er hält sie mit kräftigem Griff am Arm zurück.

»Ich erfreue mich doch nur der Schönheit der Natur. An dem, was die Schöpfung uns in ihrer Üppigkeit offenbart.«

»Die sind nicht geschöpft, du Lustgreis. Das sind meine und die sind echt!«

Er rutscht ganz nahe an sie heran. »Wie reizend, so natürlich und so offen.«

Sie reißt sich aus seinem Griff los, springt auf und knöpft schnell ihre Jacke zu. »Perversling! Im Wald herumlungern und anständigen Damen auflauern, aber nicht mit mir!«

»Dame, dass ich nicht lache! Wer so offenherzig herumhüpft, legt es doch darauf an. Also zier dich nicht so, dieses Damengetue glaubt dir eh niemand.«

»Pffft, um abgehalfterte Männer aufzureißen, muss ich nicht im Wald herumlaufen. Die finden sich zu Dutzenden an jeder Straßenecke.«

Er erhebt sich langsam und streicht ihr über die langen platinblonden Haare, die unter der Mütze herauswallen. »Erzähl nicht so einen Unfug, ich erkenne ein gefallenes Mädchen, wenn ich eins sehe. Als hättest du noch nie mit der Polizei und diversen anderen Behörden zu tun gehabt. Ich denke, deine Akten sind genauso üppig wie ...« Er starrt auf ihre Brüste.

Sie greift in den Korb und zieht flink ihr japanisches Tantô-Kampfmesser heraus. Schnell und treffsicher sind einige gezielte Stiche in lebenswichtige Organe gesetzt. Wolfs panische Schreie schrecken einige Vögel hoch, bleiben aber sonst ungehört.

»Von wegen dicke Akte«, murmelt sie vor sich hin, während sie das Blut von ihrem Messer abwischt. »Wer vermisst schon so einen stinkigen alten Bock – alte Menschen verschwinden halt schon mal ... hat noch niemanden interessiert, bisher jedenfalls nicht.« Sie zieht die Geldbörse aus seiner Hosentasche. »Fünfundvierzig Euro.« Sie schüttelt den Kopf. »Mit den paar Kröten bleibt einem wohl nichts anderes übrig, als im Wald herumzulungern.« Sie steckt das Geld sowie die Kredit- und Bankkarte ein und das Portemonnaie wieder zurück in die Hosentasche. Das Kampfmesser zieht sie konzentriert über einen Schleifstein, begutachtet die Klinge im Sonnenlicht und fährt sie zärtlich mit den Fingern ab.

»So, genug Zeit vertrödelt hier. Jetzt bekommt die Öko-Greisin endlich ihre letzte Lieferung.«

Haute Couture

»Nein, Jacques, nein. – So nicht, auf gar keinen Fall.« Roswita Maes-Schmitz dreht sich vor dem Spiegel missgelaunt hin und her.

»Aber gnädige Frau, wenn jemand solch eine schlichte Eleganz tragen kann, dann Sie.« Er zupft den groben Stoff an einigen Stellen etwas zurecht und streicht ihn glatt.

»Darum geht es nicht, es muss dem Anlass gerecht werden, mein lieber Jacques.« Sie starrt auf das Spiegelbild und schüttelt den Kopf.

»Es muss aber auch meinem Hause gerecht werden, das Modeatelier Jacques Boucher hat einen Ruf zu verlieren.« Er breitet entrückt die Arme auseinander und mustert Frau Maes-Schmitz strahlend von oben bis unten. »Chic, einfach nur chic, gnädige Frau.«

»Wie wär's mal mit dem Motto ›Der Kunde ist König‹, mein Lieber?«

»Natürlich, das ist die oberste Maxime meines Hauses, und Sie sehen ja auch aus wie eine Königin: großartig, würdevoll, elegant!«

Maes-Schmitz atmet tief durch. »Ich will nicht aussehen wie eine Königin, ganz im Gegenteil. Die Kunden sollten in und mit ihren Wünschen behandelt werden wie die Könige und Königinnen. – Verstehen Sie das, mein Lieber? So schwer sollte das doch nicht sein, gerade für ein solch renommiertes Modeatelier.«

Jacques verzieht das Gesicht. »Vielleicht ist das Modeatelier Jacques Boucher in diesem Fall nicht die richtige Adresse für Ihre minderen Ansprüche.«

Sie krallt sich in sein buntes Seidenhalstuch und schüttelt ihn.

»Jetzt hör mal zu, du Pappnase! Ich lasse genug Geld hier, um mich nicht von dir verscheißern zu lassen. Auch wenn es im Moment ganz gut läuft in deinem Laden, ich kenne noch den kleinen Flickschneider Köbes Fleischer, der in seiner winzigen Butze von der Hand in den Mund gelebt hat. Und glaube mir, ich weiß, wie du zu diesem Modeatelier gekommen bist.«

»Pah, Rosi, mein Weg war mit Sicherheit nicht unanständiger als deine Methode, sich in die feine Gesellschaft einzuwanzen«, ätzt Jacques zurück.

»Dann sollten wir uns ja einig werden können, Schneiderlein. – Mach einfach, was ich bestellt habe, und gut ist.«

Jacques läuft hochrot an. »Du bist doch eine alte …«

»Eine alte was, Köbes?«

Er schreit schrill auf, schnappt sich eine große Schere vom Tisch und stürmt auf Roswita Maes-Schmitz zu, die ihrerseits laut aufschreit.

Geübt sticht und schneidet Jacques mit der Schere, reißt an der hysterisch um sich schlagenden Frau herum, bis beide erschöpft und stöhnend zu Boden sinken.

Langsam rappelt Frau Maes-Schmitz sich auf, blickt auf das zerschnittene und zerrissene Gewand, die zerzauste Frisur, betrachtet sich von allen Seiten im Spiegel. Sie sieht, wie der Stoff schwingt und nach der Bewegung wieder fällt.

Jacques müht sich ebenfalls langsam hoch und starrt auf sie, die sich vor dem Spiegel fröhlich dreht.

»Na, Jacques, geht doch … genau so hat ein Vogelscheuchenkostüm auszusehen.«

Lösegeld

Horst Zuda lässt das kalte Wasser über seinen Kopf laufen. Er starrt in den Spiegel über dem Waschbecken, sieht sein müdes, ausgezehrtes Gesicht, atmet tief, atmet schwer und schließt für einen Moment die Augen. Mit den groben Papierhandtüchern rubbelt er sich die kurzen Haare trocken und eilt aus der Herrentoilette zurück zur Vernehmung.

In dem spärlich eingerichteten Raum lässt er sich auf den Stuhl an dem vom harten Licht der Neonröhren beleuchteten Tisch fallen. Stumm stiert er eine Weile sein Gegenüber an – dann beginnt er langsam und ruhig zu sprechen. »Also, wo ist das Mädchen, Blum? Sie sind am Ort der Lösegeldübergabe sicher nicht einfach so zufällig durch den Wald spaziert, mitten in der Nacht. Wir haben ausreichend, mehr als ausreichend Beweise gegen Sie. – Schließlich ist es ja nicht das erste Ding dieser Art, in das Sie verstrickt sind.«

Blum sitzt reglos und stumm.

»Machen Sie doch reinen Tisch und erleichtern Sie Ihr Gewissen! Es geht hier um ein Menschenleben, um ein unschuldiges kleines Kind. So herzlos kann doch nicht einmal so ein ausgebuffter Ganove wie Sie sein!«, schreit Kommissar Zuda.

»Ich weiß nichts von irgendwelchen Entführungen, Kindern, Geld oder von Übergaben«, entgegnet Blum genervt.

Zuda atmet tief durch und beugt sich weit über den Tisch zu ihm. »Wie stellen Sie sich das Ganze hier eigentlich vor? Freispruch? Oder ein paar Jahre Knast, und dann holen Sie als freier Mann das Lösegeld aus dem Versteck und genießen das Leben? – Ich kann Ihnen versichern, so wird das nicht laufen. Sie können uns allen viel Arbeit und Ärger ersparen, wenn Sie uns sagen, wo das Kind ist. Ist es irgendwo im Wald alleine oder haben Sie Komplizen?«

Blum schlägt mit der Faust auf den Tisch. »Wie oft soll ich es denn noch sagen, ich weiß nicht, wovon Sie reden!«

Zuda setzt neu an: »Das Geld wurde von uns am vereinbarten Ort abgestellt. Hat es Ihr Komplize an sich genommen? Lässt er das Mädchen jetzt frei?«

Blum verschränkt die Arme vor der Brust und blickt mit zusammengepressten Lippen auf die Wand des Vernehmungsraums.

»Nun gut, dann halt nicht.« Zuda schlägt seine Unterlagen zu. »Jürgen, schreib seine Aussage so in das Protokoll.«

Der Assistent füllt den Vordruck zügig aus und gibt ihn seinem Chef, der kurz das Dokument überfliegt und es dann, zusammen mit einem Kugelschreiber, zu Blum hinüberschiebt.

»Lesen Sie sich alles gründlich durch und unterschreiben Sie. Wenn Sie später in Ihrer Zelle zur Besinnung kommen sollten und uns bezüglich der Entführung noch etwas mitzuteilen haben, lassen Sie mich rufen. Ansonsten wird die Staatsanwaltschaft alles Weitere veranlassen.«

Blum nimmt das Dokument hoch, liest es konzentriert durch und legt es wieder ab.

»Fehlt noch was?«, fragt Zuda. Blum starrt auf das Blatt. »Oder möchten Sie noch etwas sagen?«

Blum greift zum Kuli und unterschreibt das Protokoll.

Jürgen steht auf, zieht die Aussage unter den Händen des Beschuldigten heraus, legt sie in eine Umlaufmappe und ruft den vor der Tür postierten Polizisten, der Blum Handschellen anlegt und abführt.

»Jürgen, was denkst du?«

Der zuckt mit den Achseln.

»Du warst doch bei der Übergabe dabei, ist dir wirklich nichts aufgefallen, Jürgen? – Irgendwas?«

»Ich habe die Plastiktüte mit den Geldbündeln wie verlangt abgelegt, es war niemand zu hören oder zu sehen. Dann bin ich wieder zu meinem Wagen, alles wie gefordert und besprochen, Chef.«

Zuda lässt den Kopf sinken. »Feierabend für heute, wir hatten jetzt erst mal genügend schlaflose Nächte. Die Kollegen sollen die Suche nach dem Kind intensiv weiterführen. Das Mädchen muss gefunden werden, und zwar so schnell wie möglich! – Für alles andere haben wir im Nachgang noch reichlich Zeit …«

»Okay, ich sag' den Jungs, dass wir beide jetzt Schluss machen für heute, und organisiere noch alles Nötige, Chef.«

Zuda starrt stumm auf die Tischplatte.

Jürgen wartet einen Moment vergeblich auf eine Antwort und hastet dann in den Bereitschaftsraum. Routiniert teilt er dort die Kollegen für den Nachtdienst ein und bringt alle auf den aktuellen Sachstand. Nachdem alle Fragen und Unklarheiten geklärt sind, stürmen die Beamten eifrig zu den Fahrzeugen oder in ihre Büros.

Die gespannte, wuselige Unruhe des Raums wandelt sich in friedliche Stille. Jürgen trinkt geruhsam seinen Kaffee aus, schlendert dann zur Umkleide und öffnet seinen Spind. Er schaut sich gründlich um, horcht einen Moment: alles still. Jürgen kramt eilig hinter Kleidungsstücken eine angebrochene Flasche Wodka hervor und leert sie rasch in einem Zug. Aus einer Plastiktüte zieht er mehrere Bündel Geldscheine heraus, die er zügig in seinem Rucksack verschwinden lässt. Strammen Schrittes fegt Jürgen aus dem Polizeipräsidium hinaus in die Nacht.

Fügung

»Haben Sie das Geld dabei?«, fragt Robert Breuer die mondän gekleidete junge Frau, noch bevor sie aus ihrer Limousine steigen kann.

»Sicher, kleine Scheine, keine laufenden Seriennummern, wie gewünscht, Robert.« Sie deutet nach hinten auf die Rückbank.

»Perfekt!« Er öffnet die Wagentür, wirft einen kurzen Blick in die Reisetasche.

»Ansprechender Anblick, Frau Starck. Ich gehe davon aus, dass alles so wie vereinbart und korrekt ist.«

»Wir haben geliefert«, sagt sie. »Wie ist der weitere Ablauf in unserer Angelegenheit?«

»Die Zugangscodes bekomme ich heute Abend. Die Aktion sollte in allernächster Zeit durchgeführt werden, eine regelmäßige Änderung der Systempasswörter ist bei uns obligatorisch.«

»Morgen«, sagt Julia Starck. »Morgen 13.00 Uhr. Wie lange braucht es, bis sämtliche Systeme heruntergefahren sind?«

»Bis spätestens 13.20 Uhr.«

»Okay, unser Zugriff wird um 13.30 Uhr erfolgen«, sagt sie kühl und betont sachlich. »Soweit alles zufriedenstellend abläuft, bekommen Sie die Restzahlung am Abend. Hier, an gleicher Stelle, die Uhrzeit wird Ihnen noch mitgeteilt ... wenn nicht, nun, dann werden Sie kein Geld mehr benötigen.«

»Sollte etwas schiefgehen, wird es nicht an mir liegen«, erwidert er mit gespielter Gelassenheit.

Sie schwingt sich elegant in den Wagen, öffnet das Fenster. »Wir haben uns erlaubt, Ihre Schwester als Gast bei uns aufzunehmen. Sagen wir, als kleine Sicherheit. Menschen mit zu viel Geld kommen zuweilen auf abwegige Gedanken.«

Sportlich rast sie Richtung Ausfahrt. Robert steht stumm in der Tiefgarage, bis er Julia Starck aus den Augen verliert. »Hannahlein, Hannahlein«, sagt er leise vor sich her. »Tja, Schwesterchen, die Jahrzehnte des verwöhnten Nesthäkchens scheinen endgültig vorbei.« Widerhallend erschallt sein Lachen in dem großen Betonbau. Er verstaut das Geld neben seinem Gepäck im Kofferraum. Mit quietschenden Reifen verlässt er das Parkhaus.

Julia gießt sich einen Whisky ein. Der rauchig torfige Geruch des Single Malt wabert wie ein Fremdkörper durch das kühle, edle, fast steril wirkende nordische Design des Penthouses. Sie schwenkt das Glas, betrachtet entspannt, wie Schlieren des exquisiten Brandes ölig fließend ihren Weg nach unten finden. Sie lässt den Whisky auf der Zunge wirken, konzentriert sich auf die Aromen, schluckt hinunter, genießt den lang anhaltenden Abgang des Malt.

»Hat er unser Projekt in Gang gesetzt, Julia?«

»Schaut vielversprechend aus, morgen wissen wir mehr. Die Aktion startet um 13.30 Uhr, du musst dich direkt in das System einloggen und die Transaktionen zügig durchführen. Viel Zeit dürfte dafür nicht bleiben. Die Zugangsdaten erhalten wir heute noch via Mobiltelefon.«

Ihr Gegenüber öffnet sich einen Piccolo. »Dann Prost Julia, auf gutes Gelingen.«

»Ja, auf unsere Zukunft. Prost Hannah.«

Robert genießt die Einsamkeit des großen Anwesens, Sonne, Strand, Meer, aber der Tourismus findet woanders statt. Nur die sanfte Brandung über dem Korallenriff, der leichte Wind, der durch die Palmen streift, und die vielfältige Vogelwelt geben eine akustische Kulisse. Vom Liegestuhl aus schaut er in die Ferne und nippt an seinem Cocktail.

»Paradiesisch hier, Robert.«

Er dreht erschrocken den Kopf, aus seinem Gesicht entweicht jede Farbe.

»Ein Plätzchen, an dem man bis zum Lebensende verweilen möchte.«

»Fr-Frau St-Starck«, stammelt er.

»Sie haben uns ein schönes Schauspiel geliefert, nur die Gage hierfür ist unverschämt hoch. Das Geld hier unter Ihrem Bett zu deponieren, klischeehaft, fantasielos … Die Sonne, die Wärme, da wird die hiesige Laisser-faire-Art gleich zur eigenen Haltung, oder Robert?«

»Ich, ich kann das alles hier erklären, Frau Starck.«

»Da bin ich mir völlig sicher …«

Zwei Schüsse schrecken die Vogelwelt auf. Robert wirkt entspannt in seiner Liege, nur das Loch in der Rückenlehne, aus dem Blut quillt, deutet seinen ungewollten Hingang an.

Julias Körper sackt leblos, aber mit einem letzten Anflug von Eleganz zusammen, um dann mit dem Gesicht im Sand unwürdig zu enden.

Hannah verstaut ihre Pistole in der Handtasche, fischt einen Zigarillo heraus und zündet ihn an. Im Schneidersitz an eine Kokospalme gelehnt genießt sie die friedvolle Ruhe am Strand. Sie sortiert, stapelt, zählt das verbliebene Geld. »Weniger als erwartet, aber wenn man nicht teilen muss …«

Wind kommt auf. Eine kräftige Bö fegt über das Land, löst an der Palme eine Frucht, die Hannah mit einem dumpfen Schlag auf den Hinterkopf trifft.

In einem Windwirbel erheben sich die Banknoten und fliegen, gleich einem Schwarm bunter Vögel, hinaus aufs Meer.

Nicht die Nachtigall ...

Sie reißt das Fenster auf und schreit: »Eh, bist du irre? Hier mitten in der Nacht so einen Lärm zu machen mit – mit diesem – diesem, dem Ding da?«

»Das ist kein Ding, das ist mein neuer Radiorekorder, sogar mit Stereo. Die Kassette hab' ich extra für dich aufgenommen.« Er dreht den Lautstärkeknopf bis zum Anschlag, »Marliese« von Fischer-Z dröhnt blechern durch die Nacht. Er schreit zu ihr hoch. »Die aktuellen Chart-Hits, nur für dich.«

Eine Haarspraydose schlägt auf seiner Stirn auf. »Stell den Krach endlich ab! Wenn mein Vater oder meine Brüder dich hier erwischen, die schlagen dich sofort tot – bestenfalls.«

Er reibt sich die Stirn und drückt die Stopptaste des Geräts. Nur der aufkommende Gewittersturm fegt jetzt noch geräuschvoll in den dicht angrenzenden Wald.

Sie lehnt sich ein wenig über die Brüstung und schaut, ob Licht aus den anderen Fenstern scheint. Horcht in das Haus, nimmt aber nur die nächtliche Stille wahr. »Glück gehabt, Robbie, schlafen wohl noch alle. Also, was soll das und was willst du überhaupt hier?«

»Ich vermisse dich so, Jana.« Flehend hält er seine Arme hoch zum Fenster. »Komm bitte zu mir, nur ein Viertelstündchen.«

»Wir waren doch den ganzen Abend zusammen in der Disko.«

»Ja, aber ich sehne mich so nach dir, Jana.«

Sie verdreht die Augen. »Jetzt schalte mal 'nen Gang runter, du bist voll peinlich, Mann.«

Sie stutzt und schaut skeptisch auf den Waldrand. »Was war das denn?«

»Was?«

»Das Geräusch.«

»Das ist der Klang meines Herzens, das zu dir hinauf pocht.«

»Bist du besoffen, Robbie?«

»Nein, nur voller Liebe, meine Schönste.«

Jana winkt ab. »Dann red nicht so geschwollen daher. Ich meine dieses komische, dumpfe, singende Geräusch aus dem Wald.«

Beide lauschen in Richtung der Bäume.

Er zuckt die Achseln. »Bestimmt irgendein Waldtier.«

»Waldtier? Da spricht der Fachmann!«, sagt sie spöttisch und schüttelt den Kopf.

»Bin ich im Bio-Leistungskurs? Wohn' ich im Wald?«, nörgelt er. »Ist bestimmt nur irgend so ein Vogel.«

»Vogel? Mitten in der Nacht?« Sie starrt ungläubig in Richtung des Geräuschs.

»Ja doch, die Nachtigall, darum wird die doch auch so heißen.« Er nickt strahlend und selbstgewiss mit dem Kopf.

»Nein nein, die Nacht ist doch schon fast vorbei. Dann doch eher eine Lerche«, sagt sie bestimmt.

»Machen die denn solche Geräusche?«

Sie kratzt sich am Kinn. »Keine Ahnung. Sind beides Singvögel und meine Eltern sagen, dass sie wunderschöne Lieder singen.«

Robbie verzieht das Gesicht. »Wunderschön ist aber anders, Jana.«

Sie zieht die Schultern hoch. »Meine Alten finden aber auch, dass Roland Kaiser und Heino gut singen. Von daher könnte es ja doch passen, irgendwie.«

Die Sturmböen scheinen das Geräusch zu verstärken.

»Woher weiß denn eine Nachtigall oder die Lerche, wann sie singen muss, darf oder soll?«

»Das ist in deren Natur festgelegt, ist halt so.«

»Und wenn Sommerzeit ist?«, fragt er nach.

Sie schaut ihn fragend an. »Was dann?«

»Klappt das dann auch nach Vorschrift oder wird das einge-stellt, oder singt dann jeder, wie er will?«

Sie starrt ihn einen Moment lang an. »Wie schon gesagt, wenn mein Vater und meine Brüder dich hier schnappen, dann ist Schicht im Schacht für dich. Willst du jetzt wirklich mit mir über das Sommer- und Winterzeitverhalten von Nachtigallen und Lerchen diskutieren?«

»Natürlich nicht, meine liebreizende Holde, ich will dir nur ganz nah sein …«

Sie schlägt sich die Hand vor das Gesicht. »Oh, Gott. Mann, was hast du heute bloß getrunken?«

Er schaut auf den zerknitterten Zettel, den er in seiner Hand hält. »Bloß den süßen Nektar der Liebe.« Er sinkt auf die Knie und öffnet weit die Arme.

»Ich kotz' gleich, wenn du weiter so rumschleimst«, ätzt sie.

Eine abflauende Böe lässt einige Zweige Totholz auf ihn her-abregnen, begleitet von heftigem Wetterleuchten aus der Ferne.

»Besser, du machst dich vom Acker, bevor das Gewitter hier richtig ankommt.« Im Schein des Vollmonds biegen sich die Bäume im Sturmwind.

»Kein Unwetter, kein Sturm kann meine Liebe bremsen!« Er rutscht auf den Knien näher zum Haus.

Sie verdreht die Augen. »Ja, so ein durch den Dreck rutschen-des Würstchen habe ich mir schon immer gewünscht.«

Er schreit zu Jana hoch: »Trotzt eine Wurst dem Sturm? Ist eine Wurst standhaft im Gewitter? Weicht eine Wurst nicht von der Stelle? Stemmt sich eine Wurst gegen die Naturgewalten?« Immer noch auf den Knien versucht er, mit verschränkten Ar-men vor der Brust und erhobenem Haupt eine würdige Figur ab-zugeben.

Sie massiert sich das Gesicht. »Nein, murmelt sie, eine Wurst wäre nicht halb so peinlich wie das hier.«

»Nichts und niemand kann mich daran hindern, dir meine Liebe zu gestehen. Kein Vater, keine Brüder, kein Unwetter und keine Urkräfte.«

Das Geräusch aus dem Wald verstärkt sich und geht mit einem Mal in ein splittriges Krachen über. Ein hoher Baum fällt mit Wucht auf Robbie, bringt ihn zum Verstummen und Verschwinden.

Im Haus gehen nacheinander die Lichter an, die Außenbeleuchtung erhellt das Grundstück, den Baum, der seinerseits viel Schatten auf den vormals standhaften Robbie wirft. Aus dem Radio plärrt das Lied »Die Besten sterben jung«.

Jana nickt: »Und nicht nur die Besten, die andern trifft es gelegentlich auch.« Sie schaut auf den mächtigen Baum, die Borke, die Nadeln, die Zapfen und schlägt sich mit der flachen Hand auf die Stirn. »Na klar, es war die Lärche!!!«

Zuletzt lachend

Der heiße Wüstenwind fegt über die weite felsübersäte Ebene. Wild mit einer grob zusammengezimmerten Krücke um sich schlagend, humpelt der zerlumpte Greis langsam auf den Geier zu. »Fort, arr-arr, verschwinde, Mistvieh«, schreit er. Der Vogel schwingt sich mit kräftigen Flügelschlägen in die Luft und zieht am Himmel seine Bahnen. Kraftlos deckt der Mann die Vorräte mit der schweren Lkw-Plane wieder ab, spannt Leinen darüber und beschwert sie mit einigen größeren Steinen. Er schleppt sich unter den kleinen Felsvorsprung, der ein wenig Schatten spendet, schüttet aus einem Kanister vorsichtig ein wenig Wasser in einen Becher und trinkt die kostbare Flüssigkeit hastig. Er löst den verkrusteten Verband von seinem Fußknöchel, betrachtet die vereiterte Wunde des offenen Bruchs. Er schüttelt den Sand von einem halbwegs sauberen Stofffetzen, legt ihn auf die Wunde und bindet den alten Verband wieder um den Knöchel. Schwer atmend schaut der alte Mann in die Ferne und sieht, wie die Hitze über der Wüste flimmert …

»Hallo, mein Freund.«

Er dreht den Kopf herum und erblickt einen sonnenverbrannten Mann.

»Hast du etwas Wasser und Essen für einen müden Wanderer?« Er deutet auf den Kanister.

»Das reicht nicht mal für mich, verpiss dich.«

Der Wanderer kommt einen Schritt näher. »Aber Freund …«

Sein Gegenüber greift nach einem großen Kampfmesser. »In der Wüste gibt es keine Freunde, nur Tote und wenige Überlebende … verpiss dich endlich«, brüllt er.

Rückwärts gehend entfernt sich der andere langsam, ohne das

Messer aus den Augen zu verlieren. Noch in Sichtweite lässt er sich nieder, schafft sich mit einer Zeltbahn ein wenig Schatten, vom Greis argwöhnisch mit einem Feldstecher beobachtet.

Den endlos langen Tag über dösen beide müde und ausgelaugt, nahezu regungslos, dem Sonnenuntergang entgegen. Als mit der Dunkelheit die Kühle der Nacht über die Wüste kommt, bricht der Wanderer sein Lager ab, packt seine Sachen zusammen und schleicht langsam in die Richtung des Nachbarn.

Ein flackerndes kleines Feuer lässt die Kontur einer decken-vermummten Gestalt erahnen. Vorsichtig robbt er zur Feuer-stelle, greift einen Stein und schlägt mit aller Kraft zu. Die Gestalt sackt zusammen, unter der Decke findet er einen leeren Kunst-stoffkanister und einige zusammengebundene Stöcke, als plötz-lich ein stechender Schmerz in seinen Rücken und sofort durch den ganzen Körper fährt. Schreiend dreht er sich um und kann einen weiteren Stich gerade noch abwehren. Er tritt dem Messer-stecher gegen den verletzten Knöchel, worauf dieser schreiend und mit schmerzverzerrtem Gesicht zusammenbricht. Ein Ge-misch aus Blut und Eiter quillt unter dem dreckigen Verband heraus und versickert im Sand. Der Wanderer krabbelt zu ihm und versucht, an das Messer zu gelangen, als es ihm der Greis plötzlich in die Brust stößt. Der Wanderer fällt auf den Rücken, die zwei Männer liegen nun reglos stöhnend im Schein der auf-gehenden Sonne. Ihrer beider Blut vermischt sich im Wüsten-sand.

Wie Lachen hallt das Schreien der am Himmel kreisenden Geier über die Ebene.

Am Ende

Das ältere Ehepaar sitzt auf der abgewetzten Couch und schaut auf den flimmernden Fernsehapparat.

»Wie lange noch?«

»Schatz, hör auf zu fragen.« Er nimmt einen kräftigen Schluck aus der Bierflasche. »Es geht so oder so zu Ende.«

Sie nimmt einen Kartoffelchip aus der Kristallschale und knabbert nervös daran. »Genau, es ist fast vorbei, das kann man doch nicht einfach so abgestumpft und emotionslos über sich ergehen lassen ...« Sie greift sich eine ganze Handvoll Chips.

»Aber wir wussten es doch schon, als es anfing. Da war das Ende bereits ein Fakt, auch wenn ihr alle im letzten Jahr drüber weggesoffen und das Wissen in einem Bacchanal ertränkt habt.« Er trinkt die Flasche leer.

Sie starrt ihn schweigend an. Er scheint die Ruhe zu genießen und feiert sie mit einem großen Gin.

»Jaja«, platzt es plötzlich aus ihr heraus. »Saufen geht aber immer noch.«

Ein Lächeln bildet sich auf seinem Gesicht. »Sicher, wie du siehst, Schatz.«

»Wenn das alles ist, was dir einfällt, saufen und ›Prost Schatz‹, dann kann ich auch in die nächste Bar oder in einen Club gehen und meinen Spaß haben. Vielleicht findet sich dort jemand, der sich über meine Anwesenheit freut.«

Er zuckt mit den Schultern und verdreht die Augen.

Sie springt auf. »Willst du am Ende wirklich alleine sein?«

Er atmet tief durch. »Es wäre jedenfalls kein großes Problem für mich. – Davon abgesehen, das Ende ist da.« Er drückt ihr ein Glas Sekt in die Hand. »Frohes neues Jahr, Schatz!«

Stockholmer Szenen

Mediterrane Auszeit

Frescati heißt das Gebiet im nördlichen Stockholm. Das mutet nicht nur italienisch an, König Gustav III. hat dieses Areal nach dem Vorbild der Apennin-Halbinsel benannt. Und der kräftige Sonnenschein des nordischen Sommers kann die Gedanken eines Menschen schnell in die Ferne, gen Süden schweben lassen. Gerade die italienische Terrasse des Bergianska Trädgård, des Botanischen Gartens, lädt dazu ein, in einem Tagtraum an die Gestade des Mittelmeers zu entfliehen. Als Aussichtspunkt über dem See Brunnsviken angelegt, empfehlen sich die weißen Bänke für eine Auszeit, eine kurze Flucht aus der Alltäglichkeit. Unter einer stattlichen und mächtigen Kiefer weht eine laue Böe die Aromen der mediterranen Kräuterwelt herüber – göttlich. – Wahrlich göttlich wäre es, wenn man das in Ruhe genießen und die Seele baumeln lassen könnte.

Wohin der Teufel nicht kommen kann, dorthin beordert er einen anderen Mann. Den Gärtnerlehrling mit der Motorheckenschere in diesem Fall. Akribisch versucht er, eine kleine Hecke in Form zu bringen, wobei der Zweck seines Tuns an dem formschönen natürlichen Sichtschutz nicht so recht zu erkennen ist. Minute um Minute, eine gefühlte Ewigkeit. Ein Friseur hätte es mit seiner Schere wohl schneller vollendet, und wenn nicht schneller, dann zumindest ruhiger und angemessener für den Ort und gegenüber der Natur und der gesamten Schöpfung. Lautstark versucht der Lehrling weiter, sich seinen kleinen Teil der Erde untertan zu machen. Still ruht derweil der Brackwassersee unterhalb der Terrasse, die gespiegelte Landschaft wird nur zuweilen unterbrochen von dahinziehenden Enten und einem einsamen Paddler.

Rundherum eine friedvolle, eine ruhige Welt – nur wird der Sehnsuchtsplatz weiterhin durch den lärmenden Gärtner akustisch beaufschlagt. – Plötzlich dann Stille, nur aus der Ferne wabert leicht die Akustik der motorisierten Zivilisation über das Wasser. Der Charakter der Oase, das Erquickende, der Charme einer südländischen Insel in der großen Stadt wird wieder spürbar, das erholsame Kleinod in der Hektik der modernen Zeit. Der Lehrling betrachtet eingehend sein Werk. Ist es gelungen? Könnte es seinen Meister loben? Was auch immer. 12.00 Uhr, passt schon! Zusammenpacken. – Mahlzeit.

So lädt die Mittagsruhe endlich ein, die Gedanken in die Ferne, gen Süden fliegen zu lassen.

Jugend musiziert

Worüber es sich nicht zu sprechen geziemt, darüber muss man schweigen – so sagt, so will es der Volksmund.
Aber was ist mit Schreiben? Wohl dann eher auch nicht. Oder?

Wenn sich, wie in diesem Fall, sehr junge Menschen mitten in der schwedischen Hauptstadt auf die Bühne des Kungsträdgården, eines der belebtesten Plätze, trauen, weil sie ihr musikalisches Können der Stadt, den Menschen zu Gehör bringen wollen, dann ist vor allem Anerkennung angebracht. Kritik sollte hintanstehen. Zumal die Kunstfertigkeit und damit auch die Fehler der jeweiligen Kunst für jeden, für die Öffentlichkeit direkt erkennbar und präsent sind – ein Mut, den man loben kann und vor allem sollte. Jugendliche, die sicherlich noch nicht den Höhepunkt ihrer Kreativität, Technik und Schaffenskraft erreicht haben, reüssieren zumeist vor Hunderten von Menschen. Menschen, die sich Zeit nehmen, ihren Alltag unterbrechen, den angebotenen Raum für Kunst und Kultur in der Großstadt wahr- und annehmen, gewillt sind zuzuhören, wohlwollend zuzuhören – so wie auch ich an diesem herrlichen Sommertag.

Also, alles gut? – Nun, ja …

Vier junge Damen beginnen mit dem Lied »Killing Me Softly«, geübt, gekonnt und wundervoll anzuhören – bis auf ein Störgeräusch, das sich in die Ohren bohrt. Im Umfeld der Bühne, der Sitzgelegenheiten, der angrenzenden, viel befahrenen Straßen und gut besuchten Flächen ist nichts zu erkennen, was das penetrant präsente Geräusch erklären kann. Erst als sich die Konzentration wieder auf die Bühne richtet, wird man es gewahr, steht sie da: weit im Hintergrund, ein Mädchen, das auf seiner Geige schräge Töne in die Umwelt entlässt. Diese Ortung der Ursache, der Quelle verschafft Erkenntnis, aber keinerlei Erleichterung in den und für die Ohren. Der Störfaktor scheint auch andere erreicht zu haben, insbesondere auf der Bühne. So erhöhen die vier Sängerinnen stetig ihre Lautstärke, bis die geballte Girlpower vollends die Violinengeräusche überdecken und paralysieren kann. Vor meinem geistigen Auge erscheinen umgehend die zwei Cellistinnen, die mittags in der Stadt versuchten, ihre Kunst an die Frau und an den Mann zu bringen. Wobei sie schon bei diversen Ansätzen, gleichzeitig mit dem Musikstück zu beginnen, kläglich scheiterten. Sammeln sie Geld für Cellostunden? So meine subjektiven Überlegungen und Einschätzungen dort im Vorübergehen.

Doch zurück zur Bühne und zum Jetzt und Hier. Es festigt sich die Einsicht, dass bei aller Begabung und allem nötigen Aufwand das Spielen von Streichinstrumenten den Ausführenden einiges abverlangt. Keine Instrumente, die einen schnellen Erfolg garantieren, sondern immenses Training und Übung verlangen. Viel davon verlangen, viel abverlangen, auch der Umwelt. Wie damit umgehen, als geneigter Zuhörer? Wächst man mit seinen Aufgaben, wenn man auf der Bühne untergeht? Wäre es nicht besser, vorher festzustellen, dass es nicht reicht? Noch nicht reicht?

Die federführende Organisation für die Veranstaltung auf dem Platz ist mit dem Motto »Welt verändern« angetreten. Mich hat die junge Violinistin sicherlich beeinflusst, aber hat sie meine Welt verändert? Das wohl eher nicht – obwohl, sie hat mich zum Nachdenken gebracht. Dazu gebracht, zu reflektieren. Ohne die junge Violinistin wäre ich ein einfacher, unbedarfter Konsument gewesen, der in der wohligen schwedischen Sonne den Tag genießt und dabei den dargebotenen Weisen lauscht, sich berieseln lässt. Kein Stift wäre zur Hand genommen und kein Blatt beschrieben worden. Folglich hätte es diese Gedanken, diesen Text ohne sie nicht gegeben.

Ob ich sie später einmal auf irgendeiner Bühne in der Welt bewundern werde, mit mehr Erfahrung, besserer Technik und

Fingerfertigkeit? Es würde mich freuen, wenn es dazu käme, auch wenn ich sie dann wohl nicht mehr erkennen werde. Und wenn jetzt und hier meine letzte Stunde oder Minute gekommen sein sollte? Nun, dann: »Killing me softly with her song, killing me softly …«

Trampel im Musentempel

Babylonisch ist das Sprachengewirr in der Eingangshalle, dem Café, dem Shop, dem Restaurant, der Garderobe und an den Schließfächern des Museums für Moderne Kunst in Stockholm.

Doch im Bereich der Sammlung, im Angesicht der Kunst der großen und kleinen Meisterinnen und Meister der Moderne, verstummt die internationale Kakofonie der Sprachen. Sie weicht einer andächtigen Konzentration auf die ausgestellten Werke. Nur leises und ehrerbietiges Geflüster, in Schwedisch, Englisch und diversen romanischen Sprachen, ist wahrnehmbar. Große Lautstärke erscheint in der spürbaren Anwesenheit von Pablo Picasso, Salvatore Dalì oder Max Ernst wohl allen unangebracht, fehl am Platze und peinlich. – Allen? Nein, nicht allen. Nicht den Vertreterinnen des Volkes der Dichter und Denker. Laut parlierend trampelt eine Gruppe durch die heiligen Hallen der modernen Kunst, würdig eines Einmarschs in ein Brauhaus oder zu einer Karnevalsveranstaltung. Ein Trupp Frauen, die die Blüte ihres Lebens schon lange überschritten haben, gekleidet in einem jugendlichen Stil, der das Offensichtliche aber in keiner Weise verschleiern kann und eher das Endstadium der Blütezeit optisch verstärkt.

Skandinavisch stoisch nimmt der Rest der Besucher aus aller Welt den Auftritt hin, erduldet und erträgt die Damen in der Mitte der Kunst, in ihrer Mitte.

»Schön muss man das ja nicht finden«, schallt es lautstark aus der Gruppe durch den Saal.

Ja, es ist nicht alles schön, was man so sieht, hört und was einem über den Weg läuft. Richtig ist natürlich auch, dass man es nicht schön finden muss. – Aber man kann es schön finden, und es gibt Menschen, die die ausgestellten Werke genießen und sich daran erfreuen. Wie gesagt, man muss das nicht. Es besteht aber auch keinerlei Notwendigkeit, seinen mangelnden Zugang und

Unmut lautstark über die anderen Anwesenden auszukübeln.

Nach dem Besuch der Sammlung geht das Teutonische wieder im Gewirr der anderen Sprachen unter und ist nur noch für das geübte Ohr erkennbar. Erinnerungen an einen Urlaub in der schwedischen Provinz Dalarna kommen mir in den Sinn. Die Einheimischen im Ferienhaus nebenan fragten leicht verwirrt: »Ihr seid Deutsche? Ihr seid ja gar nicht laut.« Übermäßig Krach haben wir dort nicht gemacht, obwohl das in der schwedischen Mittsommernacht nicht wirklich auffallen würde. Ich denke, die Bemerkung der Einheimischen war eher vorlaut, selbstgerecht, besserwisserisch gemeint. Auf jeden Fall sind wir ihnen nicht vorgekommen wie Deutsche. Vielleicht mutiert die rheinische Nonchalance unter der Mitternachtssonne zu nordischer Gelassenheit? Das erklärt wohl auch, warum nach einem ausgedehnten Schwedenurlaub selbst eine deutsche Kleinstadt wirkt wie ein nervöser Moloch.

Kurz zusammengefasst, auch wenn man aus dem Land großer Schriftsteller, Philosophen und bildender Künstler kommt, muss man nicht alles kommentieren – erst recht nicht, wenn der eigene Intellekt maximal für die Lektüre der Schlagzeilen einer Boulevardzeitung ausreicht. Kunst, Kultur sowie den Sitten und Gebräuchen des Gastlandes sollte man aufgeschlossen gegenübertreten. Wenn nicht alles so ist wie in Deutschland, wird es einen Grund haben. Und selbst wenn nicht oder wenn es sich nur aus Traditionen heraus erklären lässt, ist das völlig in Ordnung und nicht zu kritisieren. Am deutschen Wesen muss die Welt nicht genesen.